# 致黄河

杨建虎 著

黄河出版传媒集团
宁夏人民出版社

**图书在版编目（CIP）数据**

致黄河 / 杨建虎著 .-- 银川：宁夏人民出版社，2022.8

ISBN 978-7-227-07656-8

Ⅰ . ①致… Ⅱ . ①杨… Ⅲ . ①诗集 – 中国 – 当代 Ⅳ . ① I227

中国版本图书馆 CIP 数据核字（2022）第 160507 号

**致黄河** 杨建虎 著

责任编辑 刘 丹 陈 浪
责任校对 陈 晶
封面设计 王敬忠 施 娜
责任印制 马 丽

黄河出版传媒集团 宁夏人民出版社 出版发行

出 版 人 薛文斌
地 址 宁夏银川市北京东路 139 号出版大厦（750001）
网 址 http://www.yrpubm.com
网上书店 http://www.hh-book.com
电子信箱 nxrmcbs@126.com
邮购电话 0951-5052104 5052106
经 销 全国新华书店
印刷装订 宁夏银报智能印刷科技有限公司
印刷委托书号 （宁）0024420

开本 720 mm × 980 mm 1/16
印张 17
字数 200 千字
版次 2022 年 9 月第 1 版
印次 2022 年 9 月第 1 次印刷
书号 ISBN 978-7-227-07656-8
定价 46.00 元

# 目　录

卷一

## 黄河谣

卷二

## 歌唱的理由

卷三

## 乡村记

卷四

## 阅海望

卷五

## 从六盘山到贺兰山

## 卷六 守住词语的温暖

# 卷一

# 黄河谣

# 黄河谣

黄昏时分，我仍会来到这里
面向黄河，听音乐响起
春风吹，青草摇
我仍会痴痴守望
春光如书，落日熔金
三千里的风和雨
即将掠过起伏的水面

一棵树安静地站着
轻轻挥别远去的云彩
吹口琴的少年
已隐匿于岁月深处
在四月的黄昏
我只能听一只鸟
留在水面清脆的语言

遥遥天际，落日如镜
游走于山水之间

今世，我愿做一个抚琴的人

春风吹，绿水荡

浑黄的光晕之间

我愿扶住你的身影

# 黄河外滩

河水奔流，并非人们想象的那样汹涌
而是略显迟缓地穿越银川平原
此刻，我在眺望
你的婉转和壮阔。当水波荡漾
我的目光随着起伏，在桥上
可以俯瞰一条河流的美学风范
穿过一马平川的田野。当万物成熟
到处都是金黄的色彩
连同你不断漫延的身体
都凝固为落日下的壮美

一条大河，承载的历史宏大而深远
在黄河外滩，我独自穿越一座时光博物馆
想起少年时于河边饮马的岁月，也听闻
战争和英雄的故事飘上云端
那时，塬上积雪。追赶羊群的人
也在追赶云朵和荒原

当无数夺目的光芒闪烁河面
千年的传奇，生生不息的家国
彻夜不息的河水，都在茫然的流动中
隐身于曾经的波澜起伏

# 在黄河的身边

在黄河的身边，我还爱着
似最初的云，爱着深广的天空
这些激动人心的日子
我在北方继续书写
前方的路，还在引领着我诗篇的村庄和河流

我知道我还长在黄河的身边
像一棵树一样继续着四季
不要留恋青春和过往
当风雨过后
我的心中永远珍藏着风中奔跑的马匹
以及它们响亮的嘶鸣

# 沿着黄河走走

在银川，我常常会沿着黄河走走
像一位倾听者，我会听黄河喁喁而语
波光轻溅的黄昏，我独自想象一只鸟的飞翔
我把一首歌在心中反复吟唱

黄昏，古渡，落日，晚霞
这些我喜欢的黄河岸边的风景
它们的美有时让人窒息
但有什么能阻止我对它们的热爱！

在宁夏，黄河如此温顺地流淌在丰腴的大地上
穿透久远的时间和空间
我被这条巨大的河流静静容纳
在她生命的臂弯里，我的梦蜿蜒伸展

是啊——
让我们沿着黄河走走
在一片一片落日的辉煌里
我们静静翻阅那些壮丽的篇章

# 在黄河岸边喝茶

秋天已至，天依然很热
这样一个下午，在兰州
黄河，拖着浑浊的身子
还在流淌
不知疲倦地流淌

向着这异常苍黄的河流，我们落座
小摊点上落下的树荫，遮住了一小块阳光
而茶在漫溢，时间在缓慢流动
没有什么样的容器
会容纳我们此刻的心情

匆匆间，一个下午流逝
在黄河岸边
在淡淡的涛声里
我们学会了遗忘时间

# 一条河流的两岸

该向早晨的光线问好，在春天
我的双眼盯着黄河水面上轻轻闪动的波光
静静守望着家园的方向——
这个时候
祖国的大地上会有许多新鲜的事物开始上演

一条河流的两岸，那里有我的村庄
在五月，我的向往温暖而又潮湿
我该向着早晨广阔的田野问好
那里生长着这个季节最初的根芽
连同炊烟、鸡鸣，弥漫的熟悉的方言
让祖国的西部熠熠闪光

哦，春天，穿过连绵的岸线
在绿意葱茏的田野旁
我像一艘随意漂泊的小船
正在加入河面之上美丽的风景
渐渐熟悉的母语
在心中流淌如这壮阔的大河

# 像河流一样

故乡，夜晚。我沉溺于少有的宁静和深幽
思绪，像河水一样缓流
夜晚的微风有良知
压低了白天的燥热和纷乱
我只有静静感受
人与自然的某种神秘关联

从源头奔波，像河流一样
我的体内也曾裹挟过泥沙和石块
一路穿越，经高原、山谷、荒野
依然执着、决绝，但也漏洞百出

像河流一样，我愿成为大地上流动的礼物
用轻轻的波浪拍打河床和堤岸
也有靠岸之心，一如酒歌和谣曲
总有停歇的时候，以抚慰细微的美和真实

在故乡，需要这样的夜晚

安慰一颗沧桑潦草的心

亲爱的河流，需要点点灯光

照亮两岸的树木和花草

# 滨河新区的傍晚

滨河新区的傍晚是寂寞的
我没有看到初冬残留的花朵和公园
在黄河的一边
听说有一场雪要来到
可最终成为谎言

几乎落完叶子的树，托不住
一轮红红的落日。一场大风已经吹过
曾经的空旷之地，并未因一幢幢高楼的崛起
显得热闹。像在一个城堡深处
偶尔能听到音乐，但绝不是
一场盛宴的预告

沐浴着夕阳余晖的大地啊
呈现过太多的辽阔和辉煌
沉默的高楼之中，隐藏着更多的秘密
但愿夜晚来临
我能头枕大河的涛声
穿越那遥远的时空

# 跨越一座桥

故乡的平原上流淌着一条大河
多少次，我会来到她的身旁
她像平原上鼓起的血管
穿越千年岁月，让风雨江山
漫延至今，让山河入梦
在初夏，阳光被时间处理
如此干净、明朗
我走在桥上，像走在时光的臂弯里

跨越一座桥
当四周的蓝色汹涌而至
我仍将眺望，任性而透明的重逢里
我独听风的语言
梳理头发和翅膀

等一条河流安静下来
在午后，任如烟的往事随风飘散
初夏的旷野之上
但愿一颗心
舒展成蔚蓝的天空

# 河边的沙

我渐渐爱上了这里的沙
当春意加深，漫漫沙漠中的那点绿
随声声驼铃，正把我的诗歌喊醒

这样一个平凡的午后，有云飘过
我们在沙坡上深情眺望
黄沙之下的河水浑黄而壮观
我特意拍下水沙相接的基本轮廓

坐在摇晃的羊皮筏子上，一只水鸟落在水面
于浓烈而悠远的氛围中
我们有幸相遇
让轻微泛起的波浪震荡心灵

夜宿黄河边，我依然想寻找水的眼睛
透过窗户，领受一个夜晚的宁静
那双黑夜里紧闭的眼睛
一定藏着小小的秘密

# 河水的激情

时光的尽头，一只乌鸦在飞
在寒冬，当河流冰封
我已听不到流水的低语
我已习惯了远离河流的日子

只是，在深夜
还会想起，故乡的山岔里
那条静静流淌的河流
它只是黄河的一个小小支流
清澈，自然，随意
在岁月的臂弯里
是河流，带着遥远的爱
不断冲刷迟钝的岸

在苍白的城市
我要向河流致意
我怀念河岸边的那些旧时光
我要忍住内心小小的波动
让河水的激情
不断冲向伸展的远方

# 写下一条河流的爱

在冬天，当我开车穿越平原
我就会一次次经过黄河的身旁

越来越瘦的河流，盖上冰层
像母亲的身世一样，满载着爱与疼痛
唱着动人的、温暖的歌
正在冰雪的遮盖下
不断流向远方

每次停下车
我都会独自站在桥头
守望这条给我温暖的河流
它的宁静、孤独和执着
正在把我的记忆轻轻擦亮

# 路过

路过清晨的公园、雨水
在黄河边的城市，我写我的家园
大雨淋湿一颗颗干燥的心
我想把一朵花喊出来
让盛极一时的夏天
以清新的身心
体验美妙的波动

路过黄昏的河流
以及动情的诉说
在秋天，孤独的天地间
我郁郁独行
想邂逅凄迷的传说
或者一段温暖的时光

爱上这一束束光线
在清晨，在黄昏
我于俗世的负累之外
寻找回家的路……

# 闪亮

多么爱这十月里温暖的阳光
从房子出来，我感到热风拂面
秋天站在城市的树枝上
我的体内奔跑着小鹿和飞瀑

徜徉在黄河边的林间小道上
亲爱的，我会听到你的歌唱
一些词语在阳光下飞翔
时光深厚，从一片绿芽到一束花朵
我们已经走得很深很远

河边的街道上，车辆还在奔跑
那个卖水果和报刊的女人
带着阳光的味道和生活的气息
和许多秋天的事物一起
在我的眼里，开始闪亮

## 试着

家在更远的地方——
天渐渐暗了下来
我是一个背井离乡的人
许多个黄昏和夜晚
我试着回到一条宽广的河流
试着枕着涛声
听河水流向家园的方向

一座荒凉的小城里
停泊着疲惫的梦想
此生，我的爱情
像冬日夜晚天空中的月亮
冰冷，哀婉，闪着冷清的光
众多事物从眼前掠过
像风一样

近处的山坡，远处的平川
似乎行将别去。这样的时刻

喧哗散去。月光照着深深的庭院
天空簇拥着星星。这样的时刻
我试着搜寻远去的记忆
试着，在点点灯火闪烁的背景里
打捞一条河流的记忆

# 风在我的体内跑起来

无须猜测，在秋天
典农河边的雨落下来，而风还在吹
自然如此深沉、广阔。尘埃收缩
在我身体的内部
天上鹰飞，风呼啸着
傍晚来临的时候，白昼渐渐消退
我在乡野的田埂边
读风读雨，读飘动的炊烟
看一只只蝴蝶在风中翻飞
构成了许多虚幻的回忆

像一句华丽的辞令
风在身体的草坡上奔跑
寂静与芬芳混合着秋日特有的气息
我不用再强调，当一本旧书被风翻起
我会说：那些精彩的章节
已渐渐沉寂

而河水缓缓流淌，在秋天

风在我的体内已经奔跑起来

那些潮湿或渐趋寒冷的日子

我会用心把它们过好

# 黄昏来临之前

那时候我们还在穿越黄河外滩公园
草坪旁的长椅，簇簇绽放的金菊
在这个秋天，都让我们留恋、热爱

许多斑驳的时光里，充满温暖的回忆
仿佛季节的一声低语，在蔓延、扩散
许多惊醒的梦，无法安放
秋天辽阔的田野上，茫茫一片
混合着衰草、庄稼、树木的气息
许多沉寂的时光，在捉摸不定的风里
轻轻扬起

黄昏来临之前，我们还在漫步
穿过水面、断桥、荷塘
被菊花装扮的十月
显得更加丰富、迷人
而我还是喜欢听你琐碎的谈话
当斜阳照在全部的花朵之上
你可知道，一条河流
正在缓缓地流向落日

# 金沙湾

一条大河蜿蜒而来
有落日、黄沙、古渡口
风一直很大，置身于金沙滩
听风吹沙，在荒芜中落座
远离万物纷扰
与沙地上的葡萄藤为伴
身后是石头的传奇
永不熄灭

在金沙湾，空荡荡的酒庄里
我和一杯红酒对视
黄河缓慢流淌，阳光斜射而来
一万亩花海即将呈现
农人躬耕田野
梨花、桃花争宠枝头
光与影，重新结构时光的真相

# 更大的果园里

谢谢这一串串悬空的葡萄
这是大地献给人间的紫色礼物
贺兰山下，黄河岸边
更大的果园里
雨还没有来。我们一起
眺望被彩云裹挟的树木和群山

葡萄架上，有醒着的梦和叶片
漫游者，在这里相遇
小镇酒香，紫色的梦想扩展
簇拥的葡萄被酿成酒
将带来多少动人的故事

谢谢你赐予的葡萄
秋已深了——
我将搭乘古老的马车
拎着装满红酒的木箱
缓缓驶过小镇的街道和暮色

# 致黄河

1

在春天，我曾在黄河边行走
一个人，看草木返青
一些风，吹过开始复苏的土地
一群鸟，掠过宽阔的河面

塞上的时间史书里
一条大河蜿蜒伸展
穿过山谷、戈壁、沙漠、平原
一条大河壮阔激越

一个喝着黄河水长大的人
在春天的黄昏，看光影凝聚
在广阔的平原之上
第一次感到黄河的宁静与壮观

2

“大漠孤烟直，长河落日圆”

沙与河之间，我们一起眺望
夕阳、晚霞遍染的天际
与大诗人王维一起品味长河的壮美

沙坡头的夏日热烈而奔放
我和你，站在黄河边被水浸透的沙地
一起倾听沙与水的交响
在胸中不断回响

当羊皮筏子摇过黄色的水面
迷人的光线中
动人的歌谣
于灵魂深处传唱

3

坐电梯登上黄河楼，在高处
可俯瞰黄河穿过青铜峡
九月风大，古老的河流
在平原之上深情歌唱

黄河楼下，河水环绕
渡口、船只、各色的石头
连同岸边的酒吧、居民、游人

一起构成多彩的人间烟火

镀金的河水熠熠闪光
稻田仿佛要赴一场神秘的约会
许多动人的故事
在此飘扬成永远的传奇

4
要写下一条条黄河古渠
秦渠、汉延渠、唐徕渠……
这些穿越于宁夏大地的渠水
有着古老而动听的名字

“屯田之恒，藉水以利”
遥想多年之前，士兵和民众
一起挥动铁锹和镢头，引黄开渠
打造坚固而流畅的渠道

大河被分流引灌，穿梭于城市和田野
滋润山川大地，让重叠的水
奔向万事万物。深深眷恋的土地上
一条大河，流润千秋

5

黄河边，一块光滑的岩石上
一个人坐着，夏天的风吹过
我忽然感到瞬间的虚空

其实我是坐在河流的边缘
看阳光照在河上
静静感受阳光均匀的呼吸

这闪烁的光亮，打疼眼睛
就像你留在河边的影子
永远让心感到战栗

6

在冬天，当我踏上返乡的路途
就会穿越吴忠黄河大桥
就会眺望一条河流的辉煌与平静

我知道，河流疲惫
而自己的一颗俗世之心
落满了尘埃。它已然苍老、乏力
凌乱中的孤单，无法绕开的局面
这一切，都如冬日里冰冻的河流

有什么还能挽住这苍茫的流水啊——
在冬天，祖国西部的天空下
孤雁飞过，大雪千里
我在高原上孤独守望
仿佛听到波澜不惊的水声
从冰层深处传来

7

大风刮过的时候
阳光渐渐稀薄
我确信一场大雪即将来临
而每次回故乡
我都要在桥头张望

像怀念一场刻骨铭心的爱恋一样
我都要站在河流之上
怀念它的孤独和忧伤

亲爱的河流，我依然充满深情地爱着你
爱着你的冰封和消融
爱着你的清瘦和愤怒
告诉我吧——

当我们一起回到你的身边
定然有更深的温暖和依靠

8

“天下黄河贵德清”
无法忘记一个秋天，在贵德
黄河自西向东横贯而过
从龙羊峡到李家峡
大河浩荡——
滋润雪山、草原、河谷

而我头枕黄河的涛声
倾听风儿吹过无边的旷野
旷野上一棵棵苍老的大树
随风牵动朴素的谣曲

贵德的夜晚，从点燃的篝火开始
我们一起载歌载舞
夜晚的声音此起彼伏
茫茫的青藏高原上
我们在水清如玉的河流陪伴中
一起梦走天涯

9

玛曲的黄昏，金盏之野

闪现奇美光彩

黄河自巴颜喀拉山奔流而下

在此形成第一大弯

她的身体呈现美丽的弧度

一个漫游者，站在黄河岸边

与一缕清风相遇

一个漫游者，在无边的金黄里

听野生的音乐

漫卷心灵

在玛曲，像是等待一场恒久之约

无边的光影闪烁

镀金的河水

冲刷着两岸久远的事情

10

珍藏着一块块黄河石

它们大多是我在黄河边捡到的

它们带着黄河的体温

牵动着深深的梦魂

从黄河的上游到中游、下游
命运和这些普通的石头一样
流浪、迁徙，丢弃、收回
最终抵达热爱的入口

大河上下，波涛滚滚
一块块石头，就是大地上的雕像
我需要这些石头
静静连接时间的荒芜

# 卷二

# 歌唱的理由

# 歌唱的理由

打开窗户，是因为我爱你——
四月。荒凉的山冈上绿色显现
青草一簇一簇向上生长
更有桃花、杏花、丁香亮在山野
金色的阳光，一缕一缕，扑向
开满鲜花的原野。越来越宽广的事物
自艾略特的荒原铺展而来
复苏的河流不急不缓。此时此刻
我成了一个可以被拯救的人
于目光所及的地方，可以顺着浩荡春风
借明媚光线，分辨梦幻般的华美
可以走进果园，听一棵苹果树在风中低语
可以饮酒、喝茶，读一封长长的旧信

是啊，各色花草比我们更迟来到尘世
在青鸟鸣叫的山林中，我被能看见的美
深深打动。时间像春风般掠过
亲爱的，我相信这样的季节

会有一列绿皮火车，缓缓驶过
曾经的荒原、乡村、城镇
驶过无数的风暴，茂盛的爱情
我们也会因此找到——
所要歌唱的全部

# 桃花赋：写给老家的情书

这是身体的山坡，当桃花一步步占领而来
在老家县城，我们一起信步登栖凤山
桃树们微笑而立，春风轻拂浪漫的想象
我独爱你的每一寸肌肤
前世，今生，于一片片荡漾的花海中
我独想挽住你摇曳的腰肢
彼此交换体温、激情
任灵魂的火焰，燃烧对方

此刻，山野里春色正盛
一片片桃花多像粉红的雪
罩住树枝、山头及温柔的呢喃
一片片桃花涂染春天的颜色
恍若你温柔的拥抱，让酥软的身体
卧于大地之一隅，共享人间欢愉

而老家河流的两岸，亦有桃花灼灼开放
有如你灿烂的容颜，此时

唯有你可挽留我，于喁喁私语的小河边
有岁月的蜜语，就像我多年前写给你的书信
就像返绿的大地与燃烧的桃花之间
摇曳多姿的持续飞翔！

# 再一次写下：桃花

四月，我喜欢在故乡的大地上行走
我喜欢顶着风，迎着浑浊的阳光走上山塬

让我在风与阳光合谋的日子里打开灿烂的诗篇——
山桃花一树树开在山坡上
这是一个相对僻静的下午，在大沟湾
我和朋友们一起阅读桃花
春天，迷蒙而又高远

看也看不穿红尘，只能再一次写下：桃花
这个微笑着粉红的词
在茫茫的尘世里，让我再次学会了祈祷
那不善言辞的山坡啊
你的身上开满了动人的诗歌

再一次写下：桃花
意味着我已挽留住了缓慢疼痛的爱
意味着一切都在真诚地燃烧

# 杏花歌

要有山，有水，有春风吹过
一年一度的杏花就会亮起来
要有铺开的绿毯、微笑的姑娘
这样才可以在开满杏花的山谷唱起来

春日迟迟。当大地重新穿上鲜艳的服装
那些空出的山坡地，让出奔涌的光线
返乡路上，一颗荒芜已久的心
终被灿烂的杏花点燃

故乡的田埂边，我守望一树树杏花
于古老时间的背景中，临近爱和梦的顶端
而广阔的高天厚土之间，杏花朵朵
似一幅幅唯美的插图
绽放于心灵的旷野

# 亲近麦子

谷雨这天，再次走向麦地
历经一场大雨之后，天地异常干净、湿润
春天空旷。绿意盈盈的麦苗
向着田野尽头一再伸展

这是多么清新的一个午后啊
我在开满云朵的天空下俯下身子
以亲人的姿态，守望麦地
这些不断喂养我们成长的麦子啊
这些被诗人们再次忘却的麦子啊
它们还未抽穗，正以纤纤身影
映于蓝天之下，让这片乡间原野
充满了整齐的向往

尚未返青的茅草之侧
我静静站立，想你的成熟、饱满之时
金黄七月，有你遍野燃烧的激情
那是挥汗如雨的时节，我们在炙热的阳光下

收割你连绵的句子，尽享丰收的喜悦
那是多么辽阔、盈实的念想啊！

亲近麦地，我的目光
牵动绿色的语言，我的呼吸
清新而又舒畅，我的愿望
就像你此在的绿意葱茏
这么多年了，我还恋着你
永远的麦地，盛着绿色的火苗
我知道不久之后，就会拔节、燃烧
将麦穗般的希望，举向
更高的天空

# 和父亲一起挖葱

春风吹，在父亲的菜地里
有暖暖的阳光，重新发芽的草木
一株株菜苗正在奋力顶开地面
山野里仅剩的一块田地
被父亲用来种植蔬菜和瓜果

尤其是葱苗，齐刷刷生长
是这个季节最诱人的蔬菜
多年以来，我曾尾随它们
进城、读书、求学。常常是在放学后
掐一根根葱苗，就着杂粮馍馍
看缓慢的日头渐渐落下山头

父亲的菜地，坐落于县城郊外
迎着山野微风，我和父亲一起挖葱
当锄头伸向更深的土地
生活，重又泛起新鲜的味道
父亲知道，在城里生活的孩子

需要无污染的各类蔬菜
也许，它们更能唤醒我内心深处的土地、乡村、童年
唤醒一个中年男人温暖的少年记忆

# 回到窑洞

初秋，离开高楼耸立的城市
我的双脚泊在故乡的大地上
我只愿这样，一次次——
亲近草木和庄稼
让湛蓝的天，游动的云
不断刷新想象的空间

避开炎热和浮躁
只愿，和你一起
回到冬暖夏凉的窑洞
一起，重温那些鲜活的场景、动人的故事
在祖国之一隅，只愿守住
这少有的宁静和美好

回到窑洞，一杆红旗顶着天空在飞
石磨，土墙，狗吠，鸡鸣
一只只野兔横越田野
蝴蝶围绕花朵，流水冲刷时间
大地上奔跑的孩子啊
终会回到故乡

# 小田园

午后，我们的小田园
还在酣睡。这些南瓜、西瓜、香瓜
这些玉米、葵花、白菜
静静占据山坡的一角
迎着微风，节奏舒缓
以朴素的词语铺展日子的真实

多温暖的光！在燃烧的金黄色中
我站在八月的田埂边
展望河流和山野
遥想远逝的岁月
以及快乐的童年和丢失的村庄

脚下的青草还未醒来
高高低低的风从塬上吹过
如我的内心一样
此刻，那些曾经伟大的事物已然消隐
乡村在它的辉煌中
尽情展现生命平凡和执拗的角度

# 落在故乡的雨

清明过后，一场细雨
终于落下。我在乡村守望
一根青草的记忆，萌动、发芽
渐渐擦亮的山野
有了更加清新的味道

那些被雨水淋湿的道路和花朵
带着最初的乡愁，一次次
逼近存在的真实，并于雨的合唱里
露出顷刻的欢喜

这结伴而至的雨水，是天空赐予的
春天的礼物。我将倚着故乡的门扉
独自写下——
草地和花朵的诗篇

# 如果春日出行

就让风吹开最初的花朵
当三月的青草疯长
一个渴望爱情的人
在浩荡的春风里迈开迟缓的脚步

田野里的新绿，冒出青翠的牙齿
山谷间的凹地里
正有五只小羊
啃食快速升起的绿焰

如果春日出行
我会慢慢走上远处的山坡
我喜欢看山野里一枝枝即将绽放的杏花
它们会温柔以待蓬勃的春天

我还会重新爱上山中的旧事物
在春天，就让我带上一个个更小的夜晚
当湖边的月亮升起
我要为安静的夜晚守住一盏更暖的灯火

# 榆钱之歌

春日上午，行至岭上
被一棵榆树吸引
看它干燥的身躯
托住风中摇摆的串串榆钱
于无边的蓝天下
飘舞如雨的情思

一个个远逝的童年里
我们爬上一棵棵榆树摘榆钱
绿色清亮的圆片，吸引我们的味蕾
或者采回家笼蒸
成为一道可口的菜肴
是榆钱，装点了贫穷的快乐

不安的春天
大地可以用榆钱款待我们
风来了，风去了
榆钱于阳光或雨水中唱绿色之歌

用最嫩的果实

喂养幼小的胃口

唤醒最初的爱恋

# 在细雨中

一个人，走在细雨中
听丛林中鸟鸣声声
山隙间的斑鸠不时横跨路面
还有一只野兔
跃过草丛

这是一个等待的季节
一层一层的木台阶上
野花烂漫。一个人
想，那个冷秋天
埋藏伤心、绝望、哀痛的旧时光

有误闯玫瑰花丛的感觉
在细雨中
看那些树枝上青涩的果实
这人世间，还有美好的期待
但愿在心灵的故地
与你再次相遇

# 野樱桃

那样的一个个傍晚
我们会准时来到山庄下
像追寻一个秘密
在饱满的汁液和果肉间
我们共同追寻
童年的味道，时光的味道

或者是在清晨
樱桃树上挂满露水
清亮的歌谣，立住了虚空
潮湿的枝叶，被我们分开
那些惹人的红果闪现出来
斑驳的身影，被露水打湿

野樱桃，启开了我们的唇齿
如同时光倒流
在最初的美中
我多想，找一只篮子
盛装这世间
褪尽的繁华

# 一树花

窗外，一树花
开得多么热烈
如前世的火焰和爱情

不远的故乡
大地上的春色应该更美
当屋顶升起炊烟
敞开的田野里
有青绿的麦苗、晶亮的露珠
田埂上的花朵
摇曳迷人的色彩

当然，还有吹不尽的风
总在强烈地召唤
亲爱的春天，许多时候
我们都被安排在各自的命运里
沉沉浮浮

# 像一棵树那样

像一棵树那样
在遥远的西北，站立
经历春夏秋冬，随着风霜雪雨不断奔波
一起喧哗，一起静默

那鸟儿受伤的叫声，不时会传来
它停落在树枝上的身影
灰暗而真实
那鸟儿欢快的歌声，不时会传来
让苍老的心不会再苍凉
让孤独的心不止于孤独

是啊，在大地空旷的梦境里
我像一棵树那样活着
在孤独的西北，我的内心挣扎着燃烧
我知道终有一天，我也会像一棵树那样
随风而逝

# 雨在下

终于落雨了，初夏的干渴中
雨，茫茫一片，从昨晚的电视屏幕
一直笼罩到这个清晨的版图

这场迟到的雨水，让我重新变成了一个敏感的人
让我在这样的清晨突然有了
写诗的冲动

雨在下，打湿了花园里已经凋谢的丁香的梦
我守着这美妙的时刻
像守着一场盛大的爱情

# 窗外的雨声

想要一间温暖的房子，在遥远的地方
想让疲倦的身躯有个歇息的场所

想和你一起守着窗外
看世间阴晴圆缺
想让你坐在我的膝上
为我阅读这个季节动人的句子

想和你一起听听窗外的雨声
在五月青草的温柔中
让我们一起静听雨水的喧响
一起守住心中的诗歌和爱情

# 我还在歌唱

好好生活，好好爱
这是诗人郁葱多年前说过的话
现在，还留在心灵的底版上

我知道，为了生活
我还在奔波，为了所有我热爱的事物
我还在歌唱

时间的荒草地上
我还会守着苍白的诗篇
紧紧抱住内心的孤独
让迟缓的疼痛的爱
慢慢渗进灵魂的骨髓

# 涌动

一团一团花朵在四月涌动着
暖暖的阳光下
弥漫着千里万里的芬芳
杏花、桃花、梨花、苹果花
开在诚实的家园，无法永恒
却涌动着真诚和幻想

哦，多好的正午留在大地的上空
风涌动着，还有散落的词语
一年又一年，我依然会在季节的深处散步
一年又一年，这些涌动着的清香
已使我的四月印象更加深重

而我知道，火焰之上必有飞翔
四月，山坡上涌动着羊群和梦想
我深爱着大地上众多美好的景象
也深爱着岁月深处埋藏着的古老秘密

# 回故乡看桃花

清明时节，没有雨水
时间打马而过。我坐朋友的车回故乡
多年了，我还保持着在春天回故乡的习惯

故乡的春天才是真正的春天
在光的平静里
我看到一树一树桃花亮在山头
偶尔会有一阵风吹过，这些风啊
也会揉碎桃花的忧伤

回故乡看桃花
这是我在春天得以实现的愿望
尤其是在空无一人的山谷
我常常会对着静卧的石头
喊桃花

我知道，桃花终有一天会醒的
我珍惜着和桃花相遇的每时每刻
而身体里的时光
总和桃花瘦影相随

# 带走我

不远处，在黄昏群山的掩映下
几个农人正在搬运一堆干枯的树木
河流变小了，在山谷轻轻流淌
大地美丽的花园里
青草疯长，果实一样的女人
在春天，燃起篝火和激情
让我不止一次地说：
活在珍贵的人间，多好

而一杯烈酒让我吐出春天的欢愉
在大风吹过高原的时候
我看到，不断延伸的舞蹈
使这个季节的心灵开始闪烁
那动态的美，似乎要带走我

带走我，风啊
黄昏里这些闪耀的事物
让我有了飞翔的感觉
夜晚即将到来，在时间的跑道上
我已感到了大地的脉搏，在跳

# 旅程

珍爱从行走开始
在春天，我选择远游
一路上，路过祖国的山山水水

通过火车、飞机和轮船
我有机会抱着天涯海角的巨石
让自己的身心在亚龙湾的海滩上漫步
我会在成都的茶楼里休闲
在北京魏公村的夜晚
眺望着夜色中的无限江山

公路，隧道，桥梁，高铁
它们承载着我，陪伴着我
让我在春天的旅程中畅想
黄河，城市，街灯，校园
让我麻木的心灵开始复苏

旅程悠远。多数时候

我们其实无法破解生命中的秘密

风雨一样搅拌的思绪

都将在新鲜事物的轻轻召唤中

敞亮起来

# 忽然打开的灯

梦在延续，旅程在延续
淡灰色的眼珠在转动
寂静的光环连同温柔的话语
在心的河床闪耀、流动

而她醒来，面对忽然打开的灯
像面对三月的月光
而夜晚是有味的
像被咬了一口的苹果
于细碎的光线中
她在努力回忆曾经拥有的一切

深夜抵达，就会感到步行的快乐
更多寂寥的里程
在忽然漫过来的灯光中
显得悠长而美丽

# 这么快

这么快——
田地上空的光线铺开
一块块晃动的影子
慢慢移动

这么快——
鲜花在风中飞舞
花瓣连同浓浓的阳光
被搅动起来

这么快——
我就醉了
剩下的时间里，我和自己交谈
飞翔的事物一大群
似浮云一样
掠过灵魂的天空

# 阳光照进窗户

从移动的阴影中走出
连日的雨停了
心灵被阳光照亮
窗外的树木显得幸福而安详
这是阳光灿烂的日子
事实上，这样的日子更适合回忆

阳光照进窗户，暖融融的一片
使我和喧嚣的市声隔离开来
我知道，故乡的田野开始变黄了
许多事情开始成为往事

坐在窗户的一角
看阳光透进窗户
低低的光线那么可亲
照着鱼缸中游动的小鱼儿
再看看窗外在阳光中闪光的树叶
我便陷入这令人沉醉的时光

阳光照进窗户，仿佛带着一些重量
我相信，这个秋天的阳光
会穿过冻结的沉寂
把阴郁的日子照亮

# 你可以

你可以，在一个落雪的午后来看我
当阳光映照，突然的白色袭击荒原
你可以，坐上你的旧马车
来到梦想的村庄
当那些忧伤的歌谣席卷纷纷扬扬的存在

请缓慢地爱我，在深冬
河流封冻，田野荒芜
你可以，让一个个词语穿过无边的静默
像漫天大雪一样飘在我的窗前

我知道，时光可以抚平一切
寂寞的路途上
你可以，让那些迷离的光线陪伴着
让那些更近的燃烧
穿过一生的温暖
静静抵达

# 落雪的黄昏

这是一种无边安宁的美！
没有什么让我感到躁动、烦乱
一朵朵雪花徐徐落着
爱抚着茫茫的大地
整个世界是白的，没有什么
能惊扰大地的梦

这样的黄昏
我透过窗户读漫天雪花
屋内的炉火正旺，红红的
映照着四壁
白的雪花，红的炉火
就像两个隔离的情人
在这个世上各自为伴

# 闪光的叶子

多愿留住这黄金的舞蹈
在秋天的列车上
我看到窗外匆忙奔跑的光
在树叶上闪烁
它珍贵、稀奇、辉煌，而且易逝

风在摇动着光，于我歇脚写诗的心间
一切仿佛已经具有意义
而旅程之上，野马奔跑，花儿败落
我明白，那是一种深切的美丽
就像透过列车的窗口，我会看到闪光的叶子
这是秋天的恩赐
让我冥想生命的种种状态

哦，阳光中闪动的叶子
你们知道吗，我愿随着你们的身影
更执着地，一步一步
走向这个季节的深处？

# 苹果花儿开

北方的五月，在老家的院子里
一棵苹果树洋溢着激情
它与我的童年有关
和许多过往的岁月有关

一颗苹果树，站在那里
在阳光中变得透明
在大地的上空闪亮
仿佛正有一支歌传来
我静静守着这棵树上的众多花朵
像守着一个个灿烂的梦
时间的河流中
许多事物已被点亮……

是啊，我是处在贴近的位置仰望花朵
我辨不清，我是否还在世上
我辨不清，这丝绸般的阳光
是怎样拥抱着这些烂漫的花朵

# 那个在玉米地里忙碌的人

已是傍晚时分，头顶上的天空
开始沉下脸来，白的、黄的、红的光线
渐渐暗了下来——
那个在玉米地里忙碌的人
还在锄草、浇水
暮色已经铺上了他佝偻的背影

他甚至顾不上抬头看看头顶的天
顾不上环顾四野的风景
他在不断地锄掉地里的杂草
用心地折下一些干枯的玉米叶子
这样的大旱之年，他更顾不上
听听田野里的虫子唱哀婉的歌
顾不上回忆玉米苗子拱破地膜露出身子的
点点青绿

田野静悄悄的，暮色几乎淹没了他
那个在玉米地里忙碌的人

他躬身、俯首，偶尔会蹲在田埂边抽一锅旱烟
他知道儿女们都在远方的城市忙碌
他的愿望，就是在玉米成熟之际
能让儿女们吃到香喷喷的玉米棒

# 说出

我终于说出了这些词
从现在起，让我们给生命加盐
从现在起，让我们再数一遍
那些路边的李树桃树
那些院子里的苹果和梨
亲爱的，就让我们记住它们
我们是走在路上的人
七月未尽，墨水足够用来歌唱
我们如此迷恋这许多自然的美
以及那些风中飞翔的事物

从乡村到城市，我需要耐心地安顿平凡的人生
我需要慢慢搬放生活中的日常器具
我需要向着远方大声呐喊——
那空旷的田野里
定然收留着我曾遗失的词语和爱情

## 被时光照亮的事情

我常常想，有些事情是可以被照亮的
比如往日的河流，玻璃外面飘洒的雨
比如风中飞过的鸟群，河岸边叠拢的树
比如那些秋阳下的叶子
比如你的暗暗凝思
比如我们共同的青春期

而夜晚来临之时，渐渐暗下来的云天
也许会隐藏许多秘密的思想
其实我常常想
我们的心中多么需要光芒和火焰

就像苜蓿地上飞着的白蝴蝶黄蝴蝶
在深草之上，在蓝天之下
它们的飞翔
足以牵动天地间的光影

# 卷三

# 乡村记

## 去村里

坐上班车，去村里
以扶贫干部的身份
我们一起搜寻
老宅、老窗、老树
搜寻土坯的炕面
弯曲的羊肠小路
搜寻落日的荒原
山一程水一程的求索
恍若旧日的时光重现

蜿蜒的河流依然蜿蜒
房屋，村舍，最后的果实
寸土寸金的光阴
阔别已久的乡情
只好用心灵来估算

去村里，我用一缕倦了的乡愁取暖
我要向居留不多的乡亲致敬

岁月的长河中

一个游子的动荡之心

终于安稳下来

# 暴雨来临之前

当乌云一团一团自山头压来
辽阔的黑暗，翻滚的巨浪
伴着风，以及刮向大地的剧痛
一起笼罩天地之间

暴雨来临之前，我还滞留于乡村腹地
凝视一棵棵树木随风起舞
我还和乡亲们一起
搬运这个秋天的玉米和苹果

急剧的沉落中，雷声轰鸣
像从天空砸来的石块
绵绵不绝的回声里，只愿
猛烈的轰击之后，世界安详

# 奔赴

一次次，奔赴一个村庄
从春到冬，花开花落
我已不属于哪个季节
在盘山公路上颠簸
一任飞转的车轮
消弭日子与日子的距离

这个位于甘宁交界处的村庄
有宽阔的土塬、叠加的山峁和冷清的水库
也有从山野深处
传来的——
岁月的密语

朝阳升起之时，我会沿着村庄走上一圈
听鸡鸣狗吠，看袅袅炊烟
我会唤起屋檐下晒太阳的村民
打扫新修的道路，整理乱堆的柴火
把一个洁净的村庄

留在两省的中间吧

也会去村庄的贫困人家嘘寒问暖
三十多岁的丁丁依然光棍
和七十多岁的母亲共度光阴
已经在建的新房还未落成
院子里堆满砖石和柴草
村东的旺子女人得了精神病
叔叔是瞎子
一家人的生活常让他发呆、愁肠
面对这些，我依然会心酸
只能带省城来的领导走访慰问
将一些温暖送给他们

这个生长着小麦、玉米、芹菜和土豆的村庄
走出了一批批公家人、打工者
大部分的老弱病残还在留守
他们在贫瘠的土地上拾掇庄稼
并守望、等候远方的消息
犁铧翻开的是哗哗的泥土
覆盖的却是沉寂的伤痛

还能说些什么呢——

山塬寂静、永恒

冬天萧瑟的树木用锋利的枝条

指向高远、湛蓝的天空

红红的落日即将凝固之际

我还在奔赴——

这个需要救济的村庄

# 雨中的乡村小学

星期三，潮湿的乡村公路旁
伫立着几排红色的旧房子
斑驳的墙面，几个红红大字——
好好学习，天天向上
被雨水冲刷，显得格外清新

而乡野更低。雨中的乡村小学
有打着伞的女孩穿过操场
空气湿漉漉的
教室里传出琅琅的读书声
使这个雨天更加空灵

是啊，孩了们用并不标准的普通话
朗诵课文。像青春的风铃
摇响潮湿而鲜活的记忆
而我，可以重新走上课堂
跟他们谈论诗和远方

# 张余老师的一天

从一张废报纸上的书写开始
张余老师边蘸墨水，边喝早茶
他宿舍的墙壁上
挂满了自己的书法作品
似乎只有这种爱好
一直陪伴着他

随着上课铃声响起
他会准时出现在学校的教室
孩子们用向往的眼神
注视老师的举手投足
听他讲生动有趣的语文课
看他刚劲有力的板书

从师范毕业，二十多年来
张余老师一直执教于乡村小学
他读书、习字、育人
像个隐士一样

一间破败的瓦房
既是他的宿舍，又是厨房
冬天飘雪的时候
我喜欢和他围着火炉
烤土豆，吃杂粮，喝小酒
偶尔，谈谈文艺

# 晨读

下范村的早晨，从孩子们的诵读开始
愈来愈深的秋里，我们一起
走出小学校的校园，一起
迎着薄薄的晨光
走在乡村道路上

在这小小村庄里，听鸡鸣牛哞
看炊烟袅袅
农人们，已在田里忙碌
挖土豆，收玉米，摘苹果
而我，也想归隐于南山
与牛羊为伴，想庄稼之事

沿着山梁，俯视整个村庄
房屋，田野，湖泊，山峦
这些熟悉的乡村事物
被秋风吹过，如一道道透明的屏障
山坡上撂荒的土地

已被茅草覆盖

我在想，明年的春天

这里，将会生长怎样的风景

# 亲爱的牛

深秋抑或初冬，晨钟响过
群山缓缓移动，亲爱的牛
仍在山坡上啃食青草和阳光
多年了，我渐渐远离了
它们的坚韧和耐心
于浮华的尘世，已很难听到
它们浑厚而悠远的叫声

而天空湛蓝、高远
我和第一书记穿越村庄
迎着朝阳，我们一起走上山坡
看一棵杏树披满黄叶
满怀着整个山野的爱
偶尔，被风扬起

就这样漫无目的地行走
任身后的茅草一再沉默
在岁月的无辜与起伏之中
我真想大声喊回——
那些消失已久的事物

# 养驴大户范龙龙

第一次去村里
就去了范龙龙家
那是一个月明星稀的夜晚
狗吠声声，我们被他迎进屋子
听他说自己的养殖经
之后便听到后院的驴叫
使村庄的夜晚更加空旷

范龙龙每年养驴二百多头
还成立了宝康养殖合作社
为了扩大养殖规模
我们一起理思路、报项目、跑贷款
如今，一个可年出栏千头肉驴的养殖基地已开工建设
四座标准化养殖大棚已搭建完成

这是一个贴着地面行走的农村青年
他熟稔驴的聪明和忠诚
他将自己的乡村紧紧拥抱
我扶贫工作即将结束时的最大愿望是——
帮他再落实一百万元的资金缺口

# 村里有支文艺队

每到晚饭后，村部大院里
村民们吹拉弹唱
秦腔、舞蹈、民歌
会带着喜怒哀乐
淳朴而浑厚——
将单纯的情愫氤氲开来

有弦歌风范，也有宽袍大袖
这些植根民间的花朵
在热气腾腾的晚饭之后
成为农人精神上的大餐
尤其是在我们单位
投资建设了村文化活动室后
避开雨天和寒冷
依然可以看到文艺队的表演

农闲时节，他们还会走州跨县
去参加一些演出、比赛

让自己高兴起来

这是一名村民的心声

也是乡村精神文化的彰显

# 与土豆相握

在秋天，暮色将至
傍晚的田野里有风吹过
此时，人们还在地里忙碌
一株株土豆苗，被培育成长
它们的根系
连着风的哑语和土地的梦

像一个个丰富多彩的故事一样
一个个金豆豆，深埋于地面之下
我们无法看到
它们挤眉弄眼、暗送秋波的情态
只能让锄头一下一下
刨出它们沾着泥土的身子

在秋天，与土豆相握
暮色之中，我还会尽力
擦拭它们身上的泥土
此时，天空呈现出沉默和静寂

我们把土豆搬回家

大地和记忆的城邦中

我们需要土豆

填充内心的朴素和真实

让大风翻阅过的民歌

永久传唱

# 只愿守在这里

夜又至，茫茫高原之上
我不喊疼。初冬的大雾之中
天空被遮蔽，一片巨大的幕布
挂在灰蒙蒙的头顶

只愿守在这里，一个扶贫队员
在借居的乡村小学的单身宿舍里
读书，习字，喝茶，听山间鸟鸣
风声时断时续，恍若呓语
高过山腰的屋宇
让出更多的幽深

高原广袤，我还怀揣着一颗尘世之心
寻找散落在大地上的珍珠和米粒
它们是诗和歌
是大地上遗失的词语的舞蹈

# 寒霜已至

野有蔓草，寒霜已至
冬日的乡村，大雪还未来临
唯有风，吹动树枝上瑟瑟颤抖的叶片
这些渐渐枯萎的树木、青草
于季节的转弯处
一再拖住光里奔跑的身影

而阳光依然安静
秋天烧剩的四野
只留下万物的寒霜
十月缤纷的古原之上
总有一些故事
高过天空和大地

## 田埂上的绿

秋日的下午，我和村民来到田间
庄稼已被收割，荒荒的旷野上
只有风吹着玉米秸秆哗哗而歌
我还注意到田埂上的小草
它们，仍然绿着
没有一点点厌倦
丰润，清澈，透亮
像阳光下的爱
在时光的转弯处
停泊

这真实的景象让人心动
比时光更长的田埂上
弥漫着村庄轻轻的呼唤

# 在偏城的山坡上

在偏城的山坡上
有暖暖的阳光，芬芳的花朵
也有乡教委和中心小学
布局于此

大学同学老白已日渐消瘦
他是教委主任，又兼乡小校长
他陪我看整齐的校舍和课余玩耍的孩子
对全乡教育更是如数家珍

在偏城的山坡上
九月的颜色青青黄黄
野花在风中摇曳
羊儿已赶进羊圈

# 去下范村的路上

去下范村的路上，雪开始飘——
干净荒芜的乡村公路上
有朝阳、夕照，亦有落叶、雪花
有微风吹拂的日子
亦有一根野草复发的简单梦想

苍茫的背景之上，坐落着古老村庄
这里居住着老弱病残的人们
年轻力壮者大多奔走在异乡或更大的城市
一个空壳村留下一个个梦者的呓语

当夜晚从山顶降落，寂静的村庄
埋没牛哞、狗吠、羊咩、鸟鸣
寂寥的院落里灯火渐起
黑夜一再拖长熟睡的鼾声

去下范村的路上
一个扶贫工作者

他在时时担心着自己的包扶对象

其中如韩家老大

已被肠癌夺走生命

# 电线杆翻过山头

许多时候，我会想到山野里
那些伫立的电线杆
它们插在山体的表层
像哨兵一样
守护着山野的宁静和寂寞

一个个电线杆，保持着必要的距离
它们的足部，常常被乱草湮没
像渐渐远去的情人一样
这几个孤独的电线杆
它们的心里，杂草丛生

许多时候，我会静静地望着
翻过山头的电线杆
在汹涌的记忆中
它迎着风
无声地笑，无声地哭
仿佛等待着永久的告别

# 又一次向窗外望去

又一次向窗外望去
六盘山下的村庄，梨花盛开
清晨的光线中
一朵一朵梨花
她们清爽、烂漫
散发着甜美的气息

人间四月天
开得异常绚烂的梨花
在寂静的庭院
显得透明而鲜亮
让我在这个春天的阅读富有诗意

又一次向窗外望去
盛开的梨花之外
一群群贫穷而单纯的日子
渐渐远去

# 记住这股风

起风的时候，我们还在田野里
风吹过一块岩石，吹过一棵树
而春天还很遥远。一望无际的田野里
是野草的影子，证实着这个季节的荒凉

这些年来，我们一路走着
有时候，向故乡的方向扔块石头
有时候，会打开窗户
听外面的风声、鸟鸣

这么单调的冬天
我们坚持着彼此的沉默
在阳光被风吹动的时刻
在田野的上空
我们梦想着一只蝴蝶
梦想着它孤单的飞翔

记住这股风——

当暗淡的花朵消失

我们会彼此努力

为心点一盏灯

# 在乡村

一群麻雀落在那棵老桃树上
它们叽叽喳喳叫个不停
多数时候，它们在村庄里飞来飞去
久违的影子，让我获得了亲切之感

栖凤山下，茹河岸边
乡村宽广、深远
冬日的阳光下，我会看到
一辆辆摩托车驶过乡村公路
手扶拖拉机运送着干草
声声鸡鸣，唤醒着乡村的梦幻
山坡、田野和牛羊构成的图景
缓缓移动在记忆的画面上

而我家牛圈里那头孤独的老牛
它全身带着泥土的棕黄，静静地
反刍着久远的往事

# 乡村侧影

当夕阳渐渐隐去，苍茫的暮色笼罩开来
野地里，到处是适合于回忆与奔跑的植物
模糊的树，以及在傍晚刚刚飞回的鸟儿
都让我感到亲切，让我略带忧伤的目光
感到了温暖

一只只蜜蜂飞舞在苹果树上
在乡村宁静的山坡上
我向更远处眺望
天空更加低落。整个傍晚是寂寥的
像一首诗一样。而那些哀婉的虫叫
让我感到，世间的生命
多么需要温暖的拥抱

还有什么能激发我疲惫的感觉啊
在乡村，有许多清澈和安宁会和我相遇
碰到它们，触摸它们的气息
会让自己痴痴地想个不停

# 河对面山谷

没有一丝风，听不见树木的低语
河对面山谷，几只鸟儿飞来飞去
带着飞翔的思想，不断穿越清净的阳光
一群石头在阳光下沉睡
一个中年农民背着草捆走在山谷
世界无边无际，温度继续上升
绿色弥漫开来，疯长的青草宁静地延伸
几棵小白杨在阳光下闪耀
它们继续热爱着脚下的土地
这样的时刻，这样的情景
在河对面山谷里
我感动于少有的安静
也想起多年前，为考上大学
自己在山谷里放声朗读的情景

# 终于下雨了

在这样干燥的春天
终于下雨了
天空变得阴郁
黄色灰尘被压了下来
从弯弯的乡间小路望去
有了小草清新、迷人的身影

雨水开始拯救乡村
黄土路上，一股股尘土的腥味
在雨水的浸润下逼近鼻孔
忽然让人感到春天的欢愉即将到来

麦苗在返青
淅淅沥沥的雨水
淋湿焦灼的村庄
一道道迷蒙的幻象
罩在春天的原野

终于下雨了

雨水淋湿了朴素的思想

那些布满青草身影的山坡

在雨中，正经受着

野花的初吻

# 多么快乐的一天

四月山桃花盛开的一天
日子从一树树花朵上开始明朗、舞蹈
像一盏盏开启的灯盏
山桃花，以灯火的方式
亮在山坡上

这是大地灿烂的盆景
当我安身于这山野
守望微风中轻轻抖动的枝条和花朵
一种宁静而缓慢的快乐
将我的心掀了又掀

这样一面向阳的山坡上
有安静的草地、远山和云霞
我感动于这种酣睡的真实
仿佛灵魂安放在温暖的诗篇中

# 一群麻雀

先是叽叽喳喳的叫声，一如杂乱的音乐
临风游荡。在老家的庭院里
在一棵萧瑟的老杏树上
一群麻雀叫嚷着
它们继续热爱着自己的版图和领地

一群麻雀，使我日渐荒凉的心感到温暖
它们灰白的身影，栖在杏树苍老的枝条上
我知道，这个季节大地上一片荒凉
故乡的话语苍白而稀少
这些可爱的精灵尽力鲜活着冬日苍凉的风景

久违了，麻雀
前几年，你们没有了身影
有人说你们坐着火车上新疆了
有人说你们坐着火车下江南了
不管怎样，但愿你们过得自由而幸福

寒风持续地吹，一树麻雀拥抱着我的目光
在稀薄的阳光下
平衡着天地间的关系
让我陷入更深更远的怀念

# 麦秸垛

一个冬天的午后，在故乡
和几座麦秸垛相遇
它们让我感到安静和踏实
就像昨天的朋友
麦秸垛，伫立在乡村的场院里
它们的四周
是白茫茫的雪野和屋舍

看着这些阳光下的麦秸垛
就让我想起那些让人劳累的农事
譬如种麦、收麦、碾场、犁地
这些普通的词语连着久远的梦和疼痛
它们传授给我的农业知识至今刻骨铭心

是啊，这些静默的麦秸垛承受着风霜雪雨
在冬日干硬的大地上诉说着收获的艰辛
这些阳光下的麦秸垛
就是乡村现实主义的赞美诗

# 秋天的玉米地

秋天的玉米地，被风吹着
那些丢掉了玉米的玉米秆
挺着破烂的身子，在风中
哗哗而歌

片片白云在天空中飘着
无奈的云影，掠过玉米地的上空
那些被掰下的玉米棒整齐地堆在场院里
荡漾着金黄的笑容

只是，即将被砍倒的玉米秆
它们站立的身姿
连同风中的挽歌
成为这个秋天的侧影

# 在水库的旁边

在水库的旁边，树叶正在飘
红红黄黄的叶子
飘在真实的气息里

秋风吹过深蓝的水面
吹起了一缕缕皱纹
一个人站在水库的旁边
孤独地守望

而通向水库的道路上
杂草丛生，野花烂漫
倾斜的小树枝在风中舞蹈
莫名的果实，使我的目光更加孤单

一潭波动的愿望中
隐藏着更加神秘的语言
像我在水库旁边的沉思一样

# 闽宁镇

1

贺兰山东麓，曾经的沙漠戈壁
无比荒凉——
天上不飞鸟，地上不长草，风吹石头跑
辽阔的荒芜之中，只有灰雁划过天空
留下空旷的叫声

可将镜头再次回放
1990 年，一百多户西海固农民
举家搬迁。踏上漫漫长路
他们眺望不远处的黄河
浑身落满尘土，灰头土脸的迷茫中
终于看到朝阳升起
一再动摇的念想重又抬起

2

故土难离。而一旦离开
移民们凭着黄土地孕育的风骨

一次次，在茫茫荒原上书写传奇——
新开垦的土地上
当黄河水从开挖的水渠中奔涌而来
一片片荒漠变成良田
一棵棵不断长高的树木
迎风召唤

3

闽宁镇，取福建、宁夏简称而来
一座小镇，在东西部扶贫协作的战略部署中
开始起飞

黄羊滩上，原先的戈壁、荒滩渐渐消失
树木形成林带
房屋组成城镇
移民安置区整齐的建筑
成为闽宁村变成闽宁镇的有力证据

4

要从一朵朵蘑菇说起
那是 1998 年春天，我去福建农业大学学习
专业为菌草技术，林占熺教授授课
他还带我们深入蘑菇栽培大棚

实地感受春天里的奇异风景

之后，以草代料，蘑菇如云
飘在闽宁大地之上
闽宁镇，迎来了福建的技术人员
农人们，从蘑菇繁育中看到了希望

当亲手栽培的蘑菇运到机场
当一架架满载蘑菇的飞机起飞
这片土地，涌出一片
火红的霞光

5

在闽宁镇，可以闻到故乡的气味
村庄，田野，干净的阳光
一片一片的葡萄园
一座一座的酒庄
盛满天赐的琼浆

在雨天，摘一串紫黑葡萄
约等于摘到大地的香甜
在酒庄，品一杯葡萄酒
可以点燃美色的火焰

6

点缀着红树莓的田野芬芳迷人
在闽宁镇，红树莓
小小的浆果，药膳两用
犹如公开的秘密

在小镇的秋天里
浓浓的乡愁随红树莓一起摇曳
棚湖湾树莓生态景区里
果实和花朵
一起装点着大地的诗篇

卷四

# 阅海望

# 阅海望

我们一起来到阅海，如果可以
我将像这片湖水一样幽蓝
如果可以，我将拥抱你
在灵魂孤独的旷野
轻轻荡过的乐曲，像蓝色的影子
拂过水面，在初夏的傍晚
温柔，宁静，深邃。如果可以
我将对着最后的光线
向着湖水深深呼吸

因为热爱，我要用整颗心
装下这平静的水面，像拥有一位神
在山重水复的途中
我将拥有你
在万物的自在与安详中
我和你一起眺望这片蓝色的湖水
像眺望一面虚空的镜子

我确信阅海的辽阔和神秘

在这样宁静的傍晚，我会用心接纳

时光给予的一切，我会做一个深情的人

在透着微弱亮光的隐隐音乐中

我想拥抱一个时代的身影

# 召唤

若即若离的城市。我只爱
这片海。只爱春风
在海面翻阅——
那未完成的诗篇
于无尽的声音和词语中
移动着一波一波浪花
慢慢放大、消失
随后又涌起

时间的眼睛中，我只愿
在春天，漫步海边
看草木萌动，花朵次第开放
隐匿了一个季节的激情复发
从大海到大海
漫长的岁月中，我只愿
听你讲，昔日的海浪和涛声
那来自大海的肺腑之语
临近远方和希望

春天有插图的语言中
我只愿，倾听大海的秘密在风中完成
站在沉默的石头旁
我要画下人间的清晨和黄昏
它们停顿、坠落，重又来到
像隐喻的雪，飞舞，飘扬
偶尔有风吹过
便有随日月变换的命运
传递经年的谎言

# 黄昏或傍晚

我已散步归来——
经过曼悦海、康平路、档案馆、菜市场
我被日常生活合拢、拥抱
像一条深陷大海的渔船

那个卖苹果的四川姑娘依然在寒风中守候
她在菜市场的西端叫喊
我得承认，我是奔着她的呼唤而去的
于冬日的黄昏，不再讨价还价
我还会奔向来自故乡的那家蒸馍店
刚出笼的馒头、花卷儿
洋溢着土地上的麦香
我喜欢这种气味，在城市的一个街巷里
我和它们狭路相逢，互相拥抱

在菜市场，我会和一束束芹菜握手
想当年，在故乡广阔的田野里
我曾认真凝视一棵芹菜的起跑

如今，我已经吃不到那些自然朴实的蔬菜

当我归来，在城市的片片浮云下
我想，自己偏高的血压
何时，才能在芹菜翻涌的季节
稍稍回落

# 雪绒巷

寒冬，没有落雪
这是怎样一种干燥、寂静
在雪绒巷，枯萎的野花迎风歌唱
这是怎样一种苍白、凄楚？

当你来到，在低矮的傍晚
窄窄的巷子里，挤满车辆
而我懵懂、茫然
听车内的音乐慢慢飘荡
黑暗中有光，穿过浮动的海面
而我，用全部的渴望听你诉说

雪绒巷，我的孤独是一根草
在风中，愿与星光为伴
如果再深入一些
请你用一朵开放的雪花
将我轻轻拥抱

# 宗睦巷

每次经过，都会听到幼儿园里传来的歌声
让我想起，小时候读书时乡村学校的泥课桌
对于我，这是难忘的场景
总是定格在记忆深处

大约在明朝，宗睦巷属“右卫”
街巷名制尚未形成
在熙熙攘攘的人群中
觅你的身影
隐于杂货、肉鱼、瓜菜、五谷之中

及至清代，宗睦巷开始披上文化的色彩
银川书院落成，一条老街巷的两侧
布满木器用品和家具市场
那时叫你“总木巷”

不想再去考证许多了
宗睦巷，委身于闹市之中

除过学校和商场

我更愿坐在街边的咖啡店

听一缕音乐，清除过往

# 清晨

清晨，我依然去德馨公园散步
立夏过后，在另一个故乡
我依然迎接最早的阳光、鲜活的空气
以及淌满草地的清水

时光的村落里，我和喧嚣的世界避开
我喜欢这些开在草地上的蓝色花朵
我虽然叫不上它们的名字
但它们传递过来的馥郁芬芳的气息
会在这个清晨，渐渐弥漫至灵魂的疆域

在这个世上，我多像一个苍白而真实的过客
独自仰望天空中的那朵云
慢慢移动，多像我的身世
在许多重叠而来的日子里
我依然拥有一朵——
安静的忧伤

# 夜晚

当一场大雪还未来临
黑夜，我只愿拥有你
只愿和你一起论及生死存亡
当孤独的日子持续来临
我只愿和你一起守望星星点点的灯火
黑夜的城市，像一株升起的青莲
黑夜尖细的缝隙里
我能听到你悲伤的哭泣

我只要黑夜——
多少个白天，人世间会上演多种戏剧
即将到来的旅途，那么远
一个人，一条路，一条隐秘的河流
会横亘于面前
那透明的、不可名状的影子
缠绕俗世的花园、街道、楼房
而我只愿在这样的黑夜沉睡
甚至于不再醒来

是啊，亲爱的

我只要黑夜

当忽然想起的歌声敲打夜色

我愿所有的石头都活着

从夜晚开始

紧紧拥有——

然后开始对一个卑微灵魂的深入审判

# 北塔湖畔

送走一个老家的朋友，已经中午
漫步北塔湖畔
一个人，于尘世的低处
仿佛一块被忽略的冰块
独自享受时间的寂静

冬日的湖面，已然凝固
淡淡的阳光混着淡淡的雾霾
一道装饰这个平凡的正午
只有一束束萧瑟的苇草
还在微风中轻轻叹息

时间如此缓慢，譬如今日
我携亲爱的自己
在冬日的湖畔散步
阳光和寒冷同时相伴
而我和影子轻轻相伴

# 再次来到海边

再次来到海边
多好啊，虽然已是寒冬
在一个安静的黄昏
落日像一个发晕的圆
而我，还是一个游子
一个人，会望着海面发呆

没有什么更宽阔的向往了
倦怠的生命，像对岸模糊的光影
萧瑟的日子，一切都显得微不足道
僵硬的时光里，我只愿守着这轮凄迷的落日
看它静静地落向天边

只是很感谢你
感谢你的牵引和关爱
感谢神秘的海风，温软的沙滩
还有这些依次掠过黄昏的鸟群
是你们，使我虚弱的内心
有了温暖的依靠
从而完成了对生命的再次书写

# 再近一些

像一场雨一样
在秋天，我希望
离自己再近一些

在这样一个安静的下午
我愿被生活和田野全部融化
按照季节的指令和命运的安排
我从雨水中走过
生命的天空，布满阴云
我能听见雨的声音
像大地上叶子轻轻落下的声音

路边的站牌旁，只有夕阳的余晖
铺洒而来。覆满落叶的幽静小路上
我像一棵树一样站立
我的生活也像落光了叶子的树一样
苍凉而无助

# 声音

我能听见雪的声音
在初冬，搭乘着远去的梦想
轻轻到来

我还能听到雪落下的声音
轻解春衫般
让人神迷

我甚至听到了雪消融的声音
对着渐渐亮起来的天色
如此沉醉

# 霜降

霜降时节。阳光稀薄
一个人漫游海边，看苇草茫茫
想明日之雪

庞大的寂静之中，天色灰蒙
脚踩即将衰落的草木
似乎远离了爱恨情仇

生命已然荒芜。静静看白露为霜
灵魂如沉默之水，慢慢游荡
而水面之上，依然有鸟儿
轻轻掠过……

## 回到

多么希望
再次回到大海
去一座小岛上居住、生活
逃开这夏日的滚滚热浪
于一片深蓝的梦幻中
听细碎而磅礴的涛声回旋
看自由的海鸥上下翻飞

想去一座小岛上
沐千里阳光
吹万里海风
在另一片海岸上
将身体交给大海
让时光完成交响

# 雨夜

雨夜，只能抱紧自己
一如当年
我曾持一卷诗
轻轻走过
有灯光的窗户

雨夜，我只想你
被淹没的星星和月亮
在另一个世界里沉睡
夜晚向我发出邀请
亲爱的，我终于听到了秋天的喧响
大地潮湿
而我独醒
在这美好的夜色中安于行走

# 仿佛回到了更美的世界

八月，我还在尘世的颠簸中奔忙
银川的街道，开始有了黄叶的旋舞与飘零
一辆青桔单车，载着无数个清晨与黄昏
驶过一个人的朝阳和落日
内心深处，我已将一些零乱的故事淡忘

布景也许早已备好，许多未知之物
都将在前方等待。风从湖面吹来
隔三岔五的阵雨洗劫燥热
但愿我能寻一处寂静之地，躲藏起来
这里，野花烂漫，书香芬芳
打开窗户，就有清风和鸟鸣
就有草木披着露珠的微微颤动

仿佛回到了更美的世界
当天空以游动的云朵赐予蔚蓝
千帆过处，都有风暴平息的黄昏
带来更多动人的景观

# 海边仰望

继续来到这里
听高远的天空诉说深蓝
面对平静的水域
只想轻轻呼喊
这些带着露水的花草
比大海的语言更加澄澈、透明

想写一首天空之诗
在海边，当我仰望
被雨水洗过的天空
像刚刚出浴的女子
而我只想纵情于这无边的山水
听微风孤独地吹

在水一方，是谁的影子
以飞翔的姿态
轻轻滑过大海的梦魂

# 在这幽暗而荒凉的夜晚

在这幽暗而荒凉的夜晚
我多像山野里的一根草
像这个夜晚越来越暗的光线
如此低落而又绝望

外面落着凄凄小雪
冷清的街道上，几辆出租车在叫
苍黄的路灯下，一些缓慢而陈旧的事物
拍打着我日渐迟钝的心

许多人走远了，这个寒冷的夜晚
我无法静下来阅读，隔岸的时间和花朵
像忧伤的散文诗。稀薄的雪落着
轻轻敲打着许多熟睡的事物
时光仿佛在颤抖，团团黑夜的阴影
在滚动、上升

在这幽暗而荒凉的夜晚

风是冷的

诗歌衰落的日子，多么空旷

# 坐在博物馆的台阶上看阳光

细雨过后，阳光一片一片落下来
坐在博物馆的台阶上
我感到地界很大
仿佛是整个世界的阳光
照耀着我

旁边是花坛，簇簇金菊
沐着清新的阳光
大地，此刻安详又潮湿
我面前的石狮子张望着远方
宋钦宗时代的古钟
被谁敲了一下

云朵渐渐散去，雨水洗过的叶片
显出十分青翠，此刻如此新鲜
我顶着阳光，和整个秋天一起
倾听钟声渐渐穿越了晴空

# 雪落下

雪落下，挟持着风
忽然袭击我所居住的小城
像一条条奔向旷野的鞭子
让我再次遭遇春天最初的击打

也许，这是一首猛烈的自然之诗
当我转身，我会发现
大地真的很安静，在银白色的街角
我忽然爱上这场苍茫的雪

一天前，当我从乡村的阳光中归来
我忽然感到正在失去那些长满荒草的原野
而与这场突如其来的大雪相遇
让我重新获得自然赋予的清洁的精神

立春时节，一切虚无渐渐散去
大地开始露出即将萌芽的真相
我独守这场粗粝的雪
想象着春天将被谁轻轻领来

# 那时

上午多么安静，十点过后
大朵大朵的雪花开始飘扬
那时，我和儿子刚从中医医院出来
路边的公交车上挤满了乘客

雪自天空无声地飘着
像谁晶莹的眼泪
宽阔的街道上
一辆一辆车呼啸而过

而我们选择步行或者奔跑
在雪中，儿子跑在前面
像一朵绽放的花儿
迅速移动

城市的中心花园里
那些树们已被雪花轻轻覆盖
那时——
整个世界多么安静

# 路灯渐渐亮了起来

凌晨时分，我已醒来
披着刚刚打开的灯光，凭窗而望
楼下的街道显得异常冷寂
一盏盏路灯渐渐亮了起来
像一只只鸟儿一样
开始了自己的喧哗与沉寂

偶有车辆穿过，留下踉跄的身影
此刻，我感到窗户的安静
新的一天，披着冷静的灯光来临
而我的心中，升起了无边的荒凉

# 窗外的风

从春到秋，一场一场的风刮过
这样的秋天，一次一次地震过后
我在渐渐平息下来的屋子里
继续回味生命的飘忽和脆弱

这是一个诗人拥有的真正的苍白时光
一些事物变得模糊起来
一些爱显得稀薄而苍凉
一些空寂的青涩掺和着无边的伤感
在这样的时刻
开始弥漫、扩散

于命运的最深处
我为一小块儿阴影而哭泣
窗外，风依然在吹
时间的眼睛渐渐变老
而我，只能在黑暗中抱紧自己
默默祈祷——
窗外的风，请小些吧

# 再次见到你

再次见到你，已经是八年之后了
时光如燕，我的朋友
你可知道，有一种疼在时间深处
潜藏了至少八年

在流淌如水的时间的隧道里
我们似乎没有什么变化
我依然读着你熟悉的眼神
阳光照进窗户，这么安静的一个下午
我们守着珍贵的时光
似守着前生的约定和生命的震颤
一切似乎显得异常平静
四月的阳光如此暖人
一场关于幸福的梦
还没有做完

# 傍晚之诗

傍晚，从贺兰县返回
天空起伏，彩云绚丽
大雪并未落下。拥堵的道路上
除过车辆，还有灯光

街道边，萧条的树梢高过云朵
北塔湖上，一层薄冰盖住神秘的内容
暮色中的城市
显出另一种空旷

多想留住一场雪掠过的所有潮湿
彼此的沉默中
我握紧方向盘的手
不敢伸向窗外的天空

# 郊外

郊外，那一片野花已经凋零、流失
黄昏的光线弥漫开来
空空荡荡的荒野上
几棵柳树，静静守着存在的虚无

一条河流自沟底流着
它的低语牵动黄昏的沉寂
没有什么比这种声音
更让我们感到岁月的宁静和安详了

风中的蒿草被大地举着
像思想本身
在黄昏的光线中摇曳
让我们想到高处的思索

不远处的村庄，仿佛已经睡去
大地整体的走向显得模糊不清
而此刻，我还在风中散步
我的记忆已经落入故乡的种种细节

# 一只蝴蝶在飞

没有风，秋日的海边花园
一只蝴蝶在飞
这只白色的蝴蝶
飞在一片格桑花上
一缕水雾打湿了它的翅膀

因为光的缘故
我突然感到它的孤单
在这多彩的花丛中
有谁知道
它背后的身世

# 一个人的黄昏

是谁在撕扯着这个黄昏的宁静和真实？
当片片红霞压在天边
我还在古城墙上漫步
蓝天在抖落着最后的辉煌

一声声回归的鸟鸣
像诗歌中被叫醒的词语一样
一步一步，抵达心灵的田园
使我相信，这世上还有动人的事物
这世间，还值得我们留恋

困惑和安宁之中
我看见墙上的青草向天空长去
远山的轮廓
紧紧贴在西天的臂弯上

# 四月之末

四月之末，薄薄的阳光落在寂寞的窗外
我坐在一间自己的屋子里
用一个下午的时间
怀想哑默的春之气息
以及那些落在山坡上的
忧伤的云影

外面的电锯声一次次逼近
我知道，门前的一家歌厅又在装修
日子在逐渐临近的声音中开始苍老
而我，似乎听出了
木头的哭泣

四月之末，城市的楼群在风尘中沉默
丁香花开得正旺
庞大的春天是一个隐忍的季节
活着的人，请带上你的丁香和风
让我们一起站在海边的山冈

# 安放

野菊花安放在秋天山坡上
像安放着一个词
在阳光下
风掠过疼痛和绝望
阳光留下的影子
多像一张插图上的文字

大地上安放着河流
像安放着一种思想
在尘世中
雾一样优美而虚妄
而遥远的眺望
多像今夜熄灭的灯

你安放在我的心上
像安放着一场雪
在梦中
漫无边际地飘落
让堆积起来的乳白色
不断温暖心灵的家园

# 卷五

# 从六盘山到贺兰山

# 从六盘山到贺兰山

从六盘山到贺兰山
一路走来，我已经很累
当一缕清风吹来
我会哆嗦、颤抖，甚至神伤

哪儿都不想去了
在这样一个西北的省（区）
我从南到北
用踏实的脚步
丈量生命的长度

当大风吹落花朵
我就想起六盘山上迎风招展的旗帜
还有那满野的绿色
我就想起六盘山下的村庄
安静又祥和

如今，我只愿静静眺望

贺兰山那抹青黑的轮廓

哪儿都不想去了

只愿守着贺兰山下的旷野

像一匹马一样

低头，就有汹涌的青草

抬头，就有滔滔的黄河

# 贺兰山：石头的传奇

每次去贺兰山
我都要被这些扑面而来的石头打疼
这些滚动的石头，让我重新
在阳光下遇见自己

像邂逅一场火焰
在无限的丰饶与燃烧中
我会想，这一群一群的石头
积聚了多少阳光和雨水
演绎了多少悲欢离合
一如许多捉摸不定的日子一样
在贺兰山，我依然捉摸不透
这群山石缝中隐藏的奥秘

这些奔涌不止的石头
历经岁月的风蚀，漫长的煎熬，爱情的洗礼
在春日干燥的阳光下
我似乎听到了

它们长长的呐喊和尖叫

无边的辽阔和苍茫中
石头在舞蹈。它们的身体
暗含时间的利器
在燃烧与灰烬之间
群群石头
成为旷野中荒芜的传奇

# 在沙坡头

大漠，落日，黄河，水车
我已在这里张望了许久

我知道，我已经来迟
多年之前，大师王维已经来过

天空依然高远
黄沙依旧漫漫

在一首唐诗的跌宕起伏里
我只想止步于这阔大的意境

我只是爱大漠之中的那湾水
只有它才能挽回所有的流逝

# 站在一座城的遗址上

六月的阳光缓缓落下来
温暖的时间，连同苍老的感伤
此刻，掺杂在一起

站在一座城的遗址上
一股风掠过，古城墙上尚未褪尽的枯黄的蒿草
随风而舞。这样的时刻
忽然觉得历史开始转身，风流云散
我们被风紧紧抱着
一副老骨架，一段残破的城墙
将我们围了起来

这样一个古城的下午，我从寂静中走来
轻轻走过满布水稻的大地
我感到了岁月的孤寂
也感到了飞翔的快乐

城的遗址不远处玩耍的孩子，他们在点燃蒿草

飘动的火焰让我想起久远的香火

而一座废弃的城

连同它模糊的轮廓

使天空显得高远而苍茫

我知道，野花开遍城墙的时候

我还会再来，在风中

在孤寂的墙身上

我想写下残缺的诗句

# 眺望贺兰山

许多时候，我习惯于站在远处
静静眺望绵延起伏的贺兰山
我习惯于看那青黑的轮廓、庞大的身影
常常会记起一个秋天的黄昏
我们一起穿越凝固的岁月
于古老岩画的背影中
我们一边摘着即将干枯的沙枣
一边在远古的呼唤里任由岩石打开心灵

是啊，我多么愿意在荒凉的风中
用身体和心灵，静静触摸那些沉默的石头
这时，我看到的不仅仅是一座山
而是从乱石中奔涌而出的
漫漫时光在风中的交媾

更深的山谷中，膨胀的激情在月光中抖动
人世寂寞的轮回中
我只愿是那棵伫立风中的树
静静承受所有的杀伤

# 倾听石头的呐喊

贺兰山下，我期望
有一个宽大的院落。风和光线
掠过层层石块，留下荒芜的回声和影子

在这里，我愿做一个山民
砸石，牧羊，烧火
草与石头相依相拥
树向着山坡低下腰身
五月的鸟群留下清脆的鸣叫
一只只岩羊渐次跃过
一块块石头的火焰

这多么好！荒废也是一种美
滚滚而来的，是石头的呐喊
从清晨到正午到深夜
无边的野草漫过远去的哀伤
一只马鹿穿过遥远的地平线
贺兰山下，当月光照亮旷野
一块块飞起的石头
引我从危境脱身而出

# 镇北堡

我来的时候正是一个秋天的中午
阳光很火，又是黄金周，游客那么多
一座荒凉的土城堡被人和车围着
一个中国作家出卖荒凉的故事
已被人们传得烂熟

镇北堡，贺兰山下的一处军事要塞
经由张贤亮的文化修饰，显出了特别的价值
现在，深入这座残破的土堡
我却看到了繁荣和热闹

中国电影从这里走向世界
这是镇北堡西部影城土墙上的一句话
事实上，从这里冉冉升起的众多明星
为这荒凉中的神话
营造了迷人的空间

感谢那些古朴的土房、栅栏、作坊、楼台

因了突然而起的沙尘

我感到阳光正被笼罩、拆散

秋天的嗓子在镇北堡变得有些嘶哑

# 贺兰山岩画

迟留的十月的傍晚，深秋的风缓缓吹过
贺兰山口，消失的阳光留下遗迹
潺潺的泉水从山谷流出
贺兰山苍凉的躯体还在延伸

我们这几个傍晚的游客
沿着峡谷，沿着流水
在贺兰山谷寻找单调的声音
狩猎、征战、交媾、祭祀、舞蹈
怪异而古朴的构图中
呈现人类千万年来创作的神奇诗篇

居于石崖上的太阳神啊
你被风雨剥蚀的面庞却使我们的梦想永远燃烧
盘旋在空中的鹰啊
你可知道太阳的梦多么巨大

十月的傍晚，越来越暗的光线压了下来

满坡的酸枣树在风中作响

红红的酸枣在闪耀

于远古诗篇的怀抱中

回肠荡气的爱，被风撕裂

# 新年赋

古城。雪野。蓝天
当新年的第一缕阳光铺向大地
我在原州踏雪
无边的回声中
我还在等待
等待音乐从骨头响起
等待一个人
穿过茫茫的历史深处
在这里，华丽转身
于古萧关的深幽与隐秘中
画下时光的影子

而我依然爱着尘世里的一草一木
像爱着蓝天和大地
当故乡释放出更多诱人的气息
许多关于存在和抗争的记忆
渐渐复活

无遮蔽的蓝天之下

我只愿写下如此干净的阳光

只愿听古老历史的声音

回旋在城头。而此刻

我多么想，回到漫漫的诗酒岁月

共迎春天的到来

# 中秋记

故乡，县城
没有月亮的中秋节
我只好从电视、网络中找

也可以去怡园广场看戏
陕西周至县的秦剧团
来此上演秦腔

或者去茹河边
搜寻一段延伸的青涩爱情
回忆里，往日美好

灵魂深处的灯火依然亮着
我就这样慢慢地
把日子过成等待

# 丁香花开

丁香花开，这是四月
当阳光蒙上灰尘
我还在混浊的时光中行走
岁月愈发旷远、深幽
远远的山脚下
那里有我的田野和诗歌
当一场场沙尘掠过
我还会踏上那条落英缤纷的小路
想和你再次相遇
一起听鸟鸣声声
一起看花开花落

丁香闪烁的道路旁
呼啸的列车飞驰而过
这个春天很少雨水
天气变幻不定
多少年了，我模糊于自己的生日
只是听母亲说

我是在四月来到这个世界的
多少次，仿佛迷失了自己

这是四月，一年又一年
像期待阳光和雨水一样
我期待四月的丁香和山桃
故乡的山坡上、河岸边
一片片花海会浮动生命的旋律
那里有我们的欢乐和泪水
有我们一直走下去的根源

四月的一个黄昏
一个人坐于河边
我在想，是什么
带走了那些飞翔的翅膀

# 泛舟茹河

这么多年了，我还会回到你的身旁
看水波荡漾，听鸟鸣声声
蓝天白云之下，泛舟茹河
岸边，是绿色笼罩的森林
森林之上，是干净而亲切的县城
像我推开一扇窗
看到的绝美风景
如果可以，我还会画下你的影子
在农历五月，端午时节
我只想荡一叶扁舟，回到这熟悉之地
和你一起谈论故乡的黄昏
以及风流云散的日子
我常常忘记纷乱的尘世
守望一条河流的宽阔和平静
多么欣慰——
我重又获得消解生活的权利

# 我回到了我的城

我回到了我的城
在夏天，古雁岭上野花芬芳
风依然在吹，这古老的风
从《诗经》吹来，从秦汉吹来
坐在一块石头上，独自倾听
大原、高平、原州、固原
这些古老的名字像一株谷穗上随风摇动的谷粒
站在高高的山岭上
我不知道，该从哪个方向爱你

我熟悉这里的一草一木
从挂满青果的杏树到满野汹涌的梨花
从历经风雨的秦长城到坚固的靖朔门
我不想再听那些战争故事
城楼上的灯火，像时间的眼睛
静静盯住久远的历史

我回到了我的城

在心的斜坡上

我将给你寄上古老的书简

我将重新爱上

这世界的繁盛和茂密

# 夏日之歌

清晨，继续穿越古雁岭
夏天从我眼中吞掉大片荒芜
山坡上的那树花，开得红红的
似早晨的霞。南风习习
田野里的麦子已绿成一片
这个时候，我们彼此交换闪光的词语
草木深深，所有的回忆和欲望
已陷入时间的河中

一座山岭，一个传说，一段历史
而我只愿慢慢融入整个山野
在清晨，在黄昏，在夜晚
我只愿守住这些美妙时光
目光落在抖动的枝条上
看一只鸟飞过
潮湿而亲切的大地上
我独自漫游
我的脚步，渐渐踩进
无限山河

# 芍药花开

田野敞开，这些大地上的花
是爱，甚至是比爱——
更美丽的展现

芍药花开，相思里的煎熬
似砂锅里熬煮的药
气味越来越浓

只愿今日，在无边的花海里
让我记住这无辜的华丽
弥漫平凡的夏天

# 秦长城上的风

午后，依然去秦长城上听风
踩着蒿草和废墟
于一首首边塞诗中
眺望历史的烟尘和残雪

一块块收割过的田野
盛满麦茬和阳光
野扁豆黄黄一片
还有紫红紫红的苜蓿花
摇曳一缕飘向远古的清香

还不到秋天
萧关道上，一阵阵来历不明的风
穿越城镇和乡村
一截截蜿蜒伸展的秦长城
似在诉说——
久远的伤痛

# 穿越

从一座城到另一座城
我似乎听见了以前的声音
每次动人的相遇
以及那些渐渐消失的事物

而我还将怀念
茹河岸边的萌芽
丁香弥漫的深处
你的身影融入燃烧的四月

从一座山到另一座山
请允许我的再次穿越
当白雪覆盖寂静的山野
无限的高处
依然可以用来仰望

如今，古雁岭下
你也会轻轻走来

安静而羞涩的故乡

秋天渐渐来到

我愿枕在你的臂弯

做一个甜甜的梦

# 遗忘的时间

当春天再度来临
从山塬到山塬
野草萌动，杏花开放
在轻风拂过的那个村庄
居住着我的父亲母亲

此时，我不能动用所有的词语描述故乡
在城市的楼房里
我想象着美好的事物
说不清的痛苦和忧伤时常淋湿我
在春天，我知道我是虚空的
而故乡的大地上，呈现着绿色和花朵
我仿佛是一根被风吹远的羽毛
永远在飘——
无法落地、生根、发芽

常常是一个人在迷糊
在时断时续的遗忘的时间里
我已把自己埋得太深

# 在长城梁上看花

我记得多年前的春天
也是阳光暖暖的午后
在长城梁上，当麦苗返青
我们一起坐在秦长城上
看群羊啃食最初的青草
那时候，除过风
还有漫野的牧歌
自四周传来

如今，当满坡的山桃花燃起汹涌的火焰
秦长城如一本翻开的史书
我在这里读风读雨
读一册山河
读阳光下绽放的花朵
把大地照亮
也试图把自己带到一个
更为灿烂的梦境

长城梁上，我们不再

谈论诗歌和爱情

只愿谈论那场最后的雪

还有雪地上升起的含苞待放的花朵

于春天的呐喊中

带走身体里积聚的荒芜

# 故乡一夜

亲人们几乎聚全了，说着亲切的话语
围着温暖的炉火，沐着柔和的灯光

这些年，我一直在外奔波
只有在春节，才会在故乡待上几天
感受温暖的语言快活流淌
全然忘记身外嘈杂的世界

屋子里的土炕依然忠厚、温热
透过窗户，我会看到夜晚的黑
寒星闪烁，掩盖着忧伤的旧事
悠远、深邃的夜空
像沉默的、巨大的流放地
让我在故乡的夜晚
突然感到回归的温暖

# 冬天的生活

像许多个冬天一样，今年的冬天
我还在西部的一个小城里挨守
许多时候，阳光会轻轻透进办公室
在小城唯一的一家报社里
我的工作和往常一样
早晨上班，看稿
下午开会，看清样
偶尔也会外出采访
像许多记者一样
常常深入烟火人间

窗外的一棵白杨树
已经陪伴我多年了
它不断长高
现在已高过五楼的楼顶了
在冬天，这棵白杨树几乎落尽了叶子
而残留的几片，在萧条的树枝上
显得异常孤单

一些时候，我会对着窗外的这棵白杨树发呆
一些时候，我会收到来自远方的短信或电话
许多朋友问我：还在那儿吗？
是啊，我在这座小城已经居住得够久
我把自己交给了小城的阳光和风
其实有时候我也幻想在一间生疏的房子里
度过一个陌生的夜

这样的冬天
我和我的日子显得有些苍白
我打发着许多旧时光
而阳光渐渐稀薄，空气渐渐变冷
想着有一天，一场大雪会悄悄降临
到时候，我会和朋友们一起去看雪

# 路过兵沟

路过兵沟的时候，我很累
阳光卷着尘土，在正午
发出丝丝尖叫
我在依河傍沙的兵沟站着
我们的车子斜在路旁

许多年之前，这里是秦朝大将蒙恬
北击匈奴的军城所在地
而此刻，我在埋藏着皑皑白骨的墓地旁
怀想千万秦汉戍边将士奋杀的身影
处处烽火台连着远去的战事
我不愿深入被装饰了的汉墓地宫入口
我的目光正被飞来的细沙打疼

兵沟，在一片大峡谷的映衬下
和我在一个秋天的正午漠然相遇
在幽暗的时光隧道里
我们已被深深掩埋

# 鸣翠湖

它在那个午后抱着我
让我自由地呼吸
清新的空气和清新的风

一只只蜜蜂在花丛中歌唱
围绕过来的是温柔的水和低矮的草
连同令人迷醉的光线

哦，鸣翠湖，我看见三只鸽子飞过
清脆的鸟鸣无法叫醒所有的安静

# 大雪山上的雾

蠕动，流窜。紧紧挨着山的肌肤
轻轻按住荒草的寂寞
我们发现，这是攀向秋天最美的词
——大雪山上的雾

当野花开放，树木显出丰富的色彩
这深秋里骇人的美
像那棵闪烁的红桦树
一次次逼近灿烂的心灵

该怎样描述这漂泊的乳白啊——
每一个心藏回忆的人
面向这迷人的雾
都会感到高原的胸膛在起伏动荡

像曾经拥有过的你一样
大雪山上的雾
容易让人感觉更加虚妄
并富有幻想

# 活在西海固

活在西海固，我总是感觉到渴
我的职业是记者
我的另外一个身份是诗人
我不知道，该如何写下西海固的身影

我常常在春天目睹一场场沙尘暴
自天际弥漫而来
我常常一个人望着苍黄的天，发呆
仿佛天空的眼神呈现着西海固的身世

我曾看到在夏天挣扎的庄稼干枯于田野
我在慌乱的秋天和蒿草相对而视
然后我和苍凉的原野
一起熬过漫长的冬天

在另一个春天的午后
我依旧愿意把日子想象得无比湿润
但一场雨
还是与我们失之交臂

# 西海固的羊群

我写下的诗句，曾经干巴、粗粝
像西海固的群山一样
像群山里蠕动的羊群一样

活在西海固，像活在永远的尘土中
像母亲说得那样——
人的一生像一根草
春里来，秋里走
而我的诗歌就是一场场倾诉
像西海固的羊群一样
咀嚼盐碱的味道，体味泥土的意义

如今，西海固的山野里已经没有了羊只
当最后的草场被一道道铁丝网阻隔之后
我知道，我该牢牢守住对一根青草的怀念

# 山洼地

天还麻麻亮的时候
我曾赶着耕牛，来到山洼地
那是庄稼收后的一个星期天
犁铧顶着秋后的晨曦

多么寂静的早晨！田埂上满布着野花草
紫的，红的，绿的。我在这样的早晨
套牛、犁地。偶尔会甩起鞭子
吆喝两声。歇晌时分
我会看到一些鸟儿追随着犁沟
它们的歌唱，清脆而潮湿
这时候，我会真正感受到泥土新鲜的气息
这时候，我会在阳光下擦拭犁铧
弯腰，起身，张望
然后，轻轻朗诵关于土地的诗篇

——多像一场梦！多年过后
我还在怀念那片山洼地

# 乡村道路

我得承认，每次踏上干干净净的乡村道路
我会觉得幸福，我会记起许许多多过往的细节
那些温暖的爱、跳跃的事物、鲜活的山野
一次一次，会把我拉进记忆的深处

友爱，宽恕，希望，光明
这一切，都曾真实上演
也许，我在许多书中也读到过这些
广大的乡村
却真实地孕育了我的童年、少年
还让人们经受酸甜苦辣、生老病死

而今，走在乡村道路上
我苍白的声部，显得更加迟钝、迷茫
冬日荒凉的原野上，花朵早已熄灭
生活，多像道路旁萧瑟的树木
让我期待另一个发芽的季节

# 苹果园

现在，所有的事物都显得异常安详
这是秋天，面对苹果园
我不想多喊一个词
似乎是苹果的树枝和果实
在收拢这个季节飞翔的翅膀

像许多秘密的小情人一样，红红的苹果
就藏在青绿的树叶的怀抱里
我又梦到了那年的四月
苹果树在风中摇动
那个季节的爱情
就像被风吹动的苹果花

是灵魂之鸟栖息在园中，在秋天
苹果园新的亮光，使我备感温暖
而挂在枝头的苹果
它们的光芒，会将整个秋天照亮

# 回到白阳镇

风在吹，枯干的玉米秆上的叶子
在风中颤抖。麦秸垛在场院里静静伫立
枯枝上落满了跳跃着的灰色麻雀
一些事物搏动的声音掺和在一起
悄悄回击着我虚弱的梦幻

村庄如此宁静，老家的院子里
晾晒着黄澄澄的玉米
母亲还在做着针线活，不远处的山野
荒凉弥漫。几棵老树
呈现着冬日特有的孤寂

是啊，这是一个下午的安详和寂静
很多年后，当我醒来，河对面山坡上
没有了羊群的身影
乡亲们正在搬运着木柴
架子车开始穿越乡村的腹地

# 在宁夏

1

让我从出生的小镇写起——
白阳镇，四十年前
还是一个不起眼的小小村庄
当我渐渐长大，我就可以
展开回忆的翅膀
想那条狭窄的乡间小道
如今已变成宽阔的兴彭大道
那座曾经无比荒凉的西山
现在成为县城的一大景点
那条拖着许多故事蜿蜒流淌的茹河
已打造成人们休闲度假的生态公园
那一波一波的绿浪和山河
掀起一个个令人着迷的梦想

2

从白阳镇出发，我先后迁徙
来到固原、银川

当浩大的春风吹过田野

我会记下一个个乡村、城镇

我会在六盘山上飘扬的红旗下

重温《清平乐·六盘山》

怀想曲曲折折的六盘古道上走来的那支红军队伍

为首一个湘音很浓的人

他一手叉腰，一手扬起

将中国革命提升到一个新的高度

将人类珍贵的精神

浓缩为一首凝练的诗词

3

革命的灯盏放射永远的光芒

勤劳的人民在鲜红旗帜的指引下

艰难地耕耘自己的土地

故乡盛开的花朵和庄稼

摇曳醉人的芬芳

从六盘山到贺兰山

当我仰望云朵和蓝天

头枕岁月的风声

就能听见宁夏前进的脚步

梦里梦外

是浮动着力量和温暖的声声母语

将我围绕

4

在银川，许多时候
我会站在某个公园或者广场
眺望贺兰山苍茫的身影
我想像一只鹰一样
飞过密集的楼群、平静的湖水去看你
当所有的风吹向你，你就是一道坚硬的屏障
更像一匹骏马，傲立在宁夏平原的西部
你宽阔的躯体，阻挡来自西伯利亚的寒流
更像一把石剑——
割断腾格里沙漠和乌兰布和沙漠的侵扰
而你翅翼下的宁夏平原，就是一部打开的经典
这里宽阔平坦，鱼米飘香，黄河水滋润大地
让塞上江南千年传承
你是“朔方之保障，沙漠之咽喉”
当两侧的风景奇崛而起
你的壮阔沉雄之气弥漫于诗行：
“贺兰山下阵如云，羽檄交驰日夕闻。”
“贺兰山下果园成，塞北江南旧有名。”
贺兰山岩画，更是风中打开的诗篇
让我们于漫天铺开的千古苍茫中

眺望历史的乡愁

5

六十多年来，银川像一个渐渐长大的姑娘
黄河从市境穿越而过
这座塞上古城在新时代的阳光照耀下
已然成为祖国西部的新天府
这座丝绸之路上的节点城市
像一只凤凰，停留在贺兰山下的果园旁
如果可以，我会像小学生一样
用一卷纸
叠出这座城市的山水、高楼、城堡
叠出老院子、阅海湖、典农河
并用美好的词语表达
然后装进季节的信封
寄往更加遥远的地方

6

平原的夜晚，遍布神秘的气息
是谁引领思想的花朵
穿越火焰和闪电
大地上的灯，永远明亮
黄河两岸的广阔田野里

有成熟的水稻和奔腾的历史
在古老农业的背景里
人们收获金黄的谷粒和饱满的故事
秋天里的宁夏啊
让我为你歌唱
灵魂的掌心
聚集着温暖的河流
大地上的灯
照亮十月的宁静和幸福

7

在宁夏，悠远的回声里
我常常能听到
黄河激荡的交响
六十多年来，这片厚重的土地
迎来祖国各地奔来的人民
他们曾经踏着悲壮的行程
伴着凝重的旋律
来这里开垦、耕种、创业
如今，踏着新时代的长征路
着盛装的姐妹翩翩而舞
多民族的合唱
托举高远的理想和爱情

郁郁葱葱的大地上
盛开着茂盛的村庄和城市
在黄河永恒的奔流中
让我们一起打开诗歌的长卷
宁夏，在祖国的版图上
闪出夺目的光芒！

# 卷六

# 守住词语的温暖

# 守住词语的温暖

今夜，蝴蝶飞去，月光隐匿
天空的色彩一黑再黑
生命的形态，似逐渐飘落的液体
残缺的体味让我无法抵达词语的深处

今夜，乡村的灯火还未熄灭
风在吹，庭院里的老杏树花繁叶茂
青草的气息，弥漫在黑暗中
弥漫在对于一切美好事物的遥想中

今夜，一列火车驶过原野的边缘
词语盘旋，在春天的上空
鸟儿穿过平静的忧伤
于一片钟爱的草地上
我们落座，交谈
直到灯光合上自己的眼睛

# 一段废弃的铁轨

这是一段废弃的铁轨
它静静躺着，一言不发
在黄昏，顶着风尘和夕阳
弯着身子，像一个老人
在时光缓慢的叙述中努力延伸

而我只是来这里散步
与这段废弃的铁轨不期而遇
我看着令人心疼的夕阳自天边滑落
晚霞泼洒如血，牧羊人的歌声
似空旷的鞭音，四处回荡

哦，黄昏里亲爱的铁轨
我眺望着你残缺的身影
像眺望着苍茫的背景
像眺望着曾经拥有过的浪漫
我回头看，一列即将陷入暮色中的火车
从另一道铁轨上轰轰驶过

# 别了，最初的雪

深秋十月，冷空气如浑浊的河流
一次次袭击我所居住的西北小城
受伤的鸟在枝头哀鸣
如此少的预感，如此突然的雪
在夜晚悄悄来临

白雪覆盖了花园，覆盖了树木
风在摇晃，雪水在水泥地上四溢
这是多么寒冷的错误

别了，最初的雪
商业时代的爱情如风云飘散
多少花招，多少计谋，多少手腕
都在这场初雪之后显露出真实
而我，只愿沿着一条意义模糊的路
搜寻永远的阳光和火焰

# 沙尘暴的春天

这么剧烈的沙尘暴，说来就来了
一场一场，由远而至
弥漫着城市的街道和楼群

整整一天，我把自己隐藏起来
听窗外的风声，一股一股，带着尖叫
打破错误的寂静，我不知道
这是这个春天的第多少场沙尘暴了
我已无法保持沉默，沙尘无边
我们像一个个奴婢，听受沙尘的指令
而窗外这些刚刚抽青的树枝
它们的上面，缠绕着被风扬起的塑料袋
像苍白的旗帜一样，被风吹刮得更加潦倒
仿佛一场苍凉的爱情，让人无法说出
那些飘扬的辛酸的爱

这个属于沙尘暴的春天，没有一场雨
一只白色的蝴蝶，在花园的上空孤单飞舞

透过窗户，我看着一簇簇粉红的丁香花
在风尘中摇曳，由此深深感到
大地和气候的干燥
而蝴蝶美丽且短暂的展翅
多么需要一场雨水的浸润

尘土弥漫的天地，呈现着不可忽略的疼痛
天空和大地，一起见证着人类的罪责
有谁告诉我，这一切，需要多深的忏悔！
而当我写下：沙尘暴的春天
这不仅仅意味着我需要真实的表达
我的内心深处
正被不可避免的伤痛紧紧裹挟

沙尘暴的春天，我孤孤单单
守在自己的屋子里
那些萌芽了但未繁茂起的植物
正在大地上遭受欺凌
我梦想着于一个宁静的夜晚
会有一场大雨不期而至
次日的清晨，那些被风沙湮没的草芽、微风、鸟鸣
会重新回到美好的人间

# 一只幸福主义的猫

一只幸福主义的猫，卧在老家的热炕头
它安详、平静，守着炉火
及冬天的全部温暖
它恬静的心灵和黝黑的身体
都让我羡慕不已

它自由、清贫、纯洁
听着、看着世界的寂寞和喧嚣
在乡村最美的怀抱里
这只像披着黑丝绸外套的猫
宁静地搜寻或者靠卧

它可以满足地舔着人们啃剩的骨头
也可以自由地在庭院里散步
或者在干净的阳光下
寻找自己融入世间的最好的方式
自然地接受着人们的爱惜和抚摸

在命运和未知之外

这只幸福主义的猫

它绕开许多喧闹的事物

我们甚至无法想象它捕捉老鼠时的样子

它所有的安详似乎要覆盖世间的纷扰

# 心中的花朵

向往的快乐，已经稀少
曾经辉煌的，现在显得暗淡
窗玻璃在秋日的清晨闪着淡淡的光
一片一片的叶子
飘零在寂静的庭院

想去很远的地方看你
想把那些年代久远的诗
再读给你听

而灯光逐渐转暗
整个世界似弥漫着山谷里那些深蓝色的气息
亲爱的，其实我知道我的日子已渐渐苍白
我心中的花朵
已被埋进深深的土地

# 时间之水缓缓流过

已是深夜，和别的夜晚没有什么区别
无边的静默中，只有冬天的暖气管里
滚烫的热水，还在唱着深情的恋歌

像内心坚硬而柔软的词
这些被值班师傅烧开的水
在黑暗中，穿越六楼的管道
在北方的夜晚，让我感到
远去的声音，重又逼近
重又变得温暖如故

时间之水缓缓流过
乱草湮没的世上
我还守着逝如流水的往事
在河流已经封冻的时刻
一个人，在深夜
怀想四月野花盛开的山坡
怀想我们共有的幸福和忧伤

# 中心路

我来到这座城市已经十年
十年了，我离亲人越来越远
我离乡音越来越远
只有一个人躲开世事的喧嚣时
才会静下心来想故乡

中心路，躲在城市中心的一条街道
像童年时村庄里那条小路一样
我再熟悉不过了
这里人很多，像许多城市的步行街一样
布满了超市、发廊和服装店
当然，还有一些精致的酒吧、茶楼
这些青春气息逼仄的地方
偶尔，我也和朋友一起去

我所供职的报社，就靠在中心路的一边
十年了，走在这条繁华的小街上
心境，时而繁华满院

时而杂草丛生

我知道，我青春的一大段落
已经留在了这里
我诗歌的一小节
已经留在了这里

# 在冬日的早晨

阳光还未透出光芒
天地冷静、巨大
远山之上的雪强忍着不发出声音
青草在岁月深处哭泣

这样僵硬的时光里
我更加怀念故乡阔大的山野
和山野里苍劲的青黑色的老树
我怀念冰霜之下的村庄、炊烟
还有乌鸦掠过村庄时
丢下的嘎嘎鸣叫

# 能够使用的词语

这一切都让人感到惶惑
作品弄空了自己
这一切，像失去光的眼睛一样
我听见斧头锈蚀的声音
开始浸透日渐败落的心

一些告别的词语伸展枯黄的叶片
一些陌生的遗失悄悄发生
从你到我，在投下的一小块阴影里
渐渐散失

剩下来的时间，我们开始学会珍藏
当白色袭击过来
我要说，能够使用的词语
开始聚集

# 卖玉米棒的小伙子

每天，总会看到那个卖玉米棒的小伙子
在冬天的寒风中
守着心中的炉火
守着热气腾腾的玉米棒
吆喝着
不断穿越
冬天的风雪

在这样寒冷的冬天
能吃到煮熟的玉米棒
我感到很亲切
小伙子说：这是东北的黏玉米，很甜
但我总会想到故乡田野里
随风摇摆的玉米秆
小时候，那玉米秆比玉米还甜

如今，在城市的餐桌上
我也会吃到煮熟的玉米棒

它们被剁成了小段放在碟子里

但吃起来索然无味

城市巨大的胃

已使好多事物失去了原来的味道

卖玉米棒的小伙子还在城市的街巷里吆喝

有时碰到的时候

我会买几个烫热的玉米棒

拿回家，和妻儿一起

品尝悄悄变味的乡情

# 雷声渐远

雷声渐远，下午更加安静
风从窗外吹过，我忽然感到时光那么轻
时光像一架老钢琴，慢慢奏出忧伤的曲子
像河一样，静静流淌

临近中年，在青春和激情逐渐隐退的时刻
我感到步履的松散和疲倦
在没有方向的深巷中，我感到
身体内细微的声响
正在敲打那些破碎的光芒

雷声渐远，剩下的阳光
开始填充刚刚被遮蔽的天空
这样的季节，我还在尽力拥抱
一些词语的花朵
其实我一直在坚持
一直在缓慢地表达

# 一片云轻轻飘过

一切似乎都是柔软的
我知道，幕布还未拉开
在每一股风吹过的旷野上
我的眼神舒展
我的作品似堆积起来的白色

临近阳光和幸福，在语言的天空
一片云轻轻飘过
像一只鸟，轻轻掠过无尽的雪野

那忧伤的云影
就是今天我要写下的诗歌

## 感谢

曾经爱过这样平静的水面，现在可以继续爱着
在六月山丘的温柔中，我看着你
仿佛一束清秀的丁香，开在夏天欢愉的水边

感谢水中密密堆放的小石头，感谢你的光滑和可爱
感谢重重覆盖下来的阳光，感谢你的真实和诱惑
感谢水边的小草和树木
感谢大地的悲悯和辽阔

当我侧身而过的时候，香气飘拂着
滋润着悄悄发芽的心事
当我转过身时，青草的呼吸
已湮没了你的睡眠

而阳光还在泼洒，满身丰盈的水声
穿透岁月的河床。而你还在熟睡
像梦中的风景一样
加深了我对世间万物的热爱

# 我想说

午后，在阳光斜照的山顶
没有一丝风，在突然凹陷的寂静里
我想说，这阳光下闪光的树叶
就是你夜晚的表情和秘密

傍晚，当天色渐渐灰暗下来
站在这样的荒郊野外
我想说，那藏在暗中的树枝
就是你弯曲的手指和身影

清晨，第一缕阳光破开云霄
站在五楼的阳台
我想说，生活在孤寂和恐惧中的人们
请走出来，和阳光一样灿烂

# 大雨来临

没有人在大地的深处提醒我们
在西海固旷古的干旱季节
我们的心上，已经垒满了待燃的干柴

而大雨来临的时候，雷音渐近
正好是周末，由于持续干旱
我的诗歌似乎是一枝虚无的花朵

干裂的土地，像一个古老的梦者
此刻，已伸展开腰肢
尽力接受大雨的淋湿和浸润

大雨来临，大雨来临
我干渴的诗篇
在深不可测的寓言里开始飘散

# 比闪电更美

这样的清晨，大群的麻雀飞上树枝
它们朝着四方鸣叫
片片早霞，像微红的诗
铺在天边
似一种力量，在沉默中酝酿
乃至最终显出灵魂的叛逆

当这些无形的电光袭击我们——
我们已被永恒的天地控制
这清晨的光线，是最初的燃烧
当然，有一些事物渐渐破碎
像压抑的爱，像深夜里写就的信
这些，都是陌生的遗失

清晨的白色牛奶啊——
当阳光渐渐升起
一段美丽的寂静
像这日子静静的微笑
深深地映在了心的斜坡上

# 是在另一个区域

是在另一个区域，我的心
是一只野兔，在黑暗的丛林里穿行
时光左右摇摆，像脚下的荒草
随风，随雨，随一些行进或逝去的日子

时间的旷野之上，我的目光
渐渐迟钝。匍匐前进的事情里
更高的自由，像梦想一样
使心灵的天空抹上一层更深的微笑

是在另一个区域，我慢慢走着
旁边的风景和词语那么陌生
在我的梦境之中，一只鸟
已经加入飞翔的队伍

## 出发

早晨，儿子去上学，妻子去上课
迟到的春天，依然保持着几分固执的寒冷

楼上有风，许多事物像沉睡的鸟儿
依然保持着宁静的状态

活在高原，记忆似一把锈蚀的锁
依然挂在古旧的门檐下

只有车站里不时响起的钟声
还在提醒我：一些人还在路上
一些人正从这个春天出发

# 光芒

昨日下雨，今日落雪
只有风是畅通的
这就是北方容易变脸的春天
在夜晚的电视屏幕上
我望着落雪的故乡
我的村庄只是想象中的一个点

这样雨雪交加的天气
其实是故乡大地上最为浪漫的时候
尤其在春天，这一场场雪
就是一次次深深的拥抱
就是一场场美丽的爱情

我蜗居在城市的一间屋子里
面向落雪的窗户，似倾听温柔的话语
我想着故乡的沟沟畔畔
想着即将复苏的田野

更想着山塬上即将绽开的山桃花

而村庄的内部，此刻
弥漫着更加迷人的光芒

# 雨是下午来的

干旱开始隐退，这高原春天的第一场雨
是在下午来的。其时我在银行里
还每个月必须还的住房贷款
而雨，犹如欲望之手
全面笼罩了建行大楼前的街道和天空

世界上最酣畅的路程被雨中的出租车享用
街道上骚乱的车声
让我想起故乡旷野里
那头惊叫奔跑的黄牛

用这场突如其来的雨
更新我落满灰尘的心
这时候，会有一种淋漓的诗意
将我彻底俘虏

# 请把我忘记

我一直醒着，看窗外的天异常苍黄
这被暴风雪包裹的夜啊
我做梦一样，想着那些脆弱的往事
视线逐渐变得模糊
只是风雪，还被堵在身体之外

也许，夜的眼睛已被损害
温柔的话语渐渐消散
而一些秘密的故事正在开始
庞大的寂静中
深夜展开自己最暗的部分

一段一段燃烧的是梦境
今夜，我怀抱温暖的棉被
听风在窗外吼叫
请你保重吧——
请把我忘记

# 打炮峁

这只是故乡不为人知的一座山的名字
是我少年玩耍的一个主要场所
在春节期间，我特意登了一次打炮峁
让眼前的路，保留着一种温度
保留着几多质询

而初春的阳光，怀抱着时间的头颅
我站在山腰，看枯黄的草
温柔地依偎在阳光的前奏里
一阵风吹过，使我想起那些惨淡的年景
村民用山上的土炮
力图摧散乌云和冰雹

现在，看到不远处日益逼近的县城的楼房
我在山顶的思绪有些纷乱
好在山上已经开始退耕还林了
我听到几只羔羊在圈里的咩叫
在风中变得更加无奈

# 登东岳山记

当然，不是因为勾起回忆而来到这里
当冬日的暖阳铺洒开来
此时，沿着侧面的台阶走向山顶
左右摇晃的依然是阳光
以及一片片石头的影子

半山腰的亭子里
坐着两个七十多岁的老人
他们比我早些上来
一边坐着砸核桃吃
一边喊着旁边玩耍的孙子

当然，还有互相依傍的情侣
并排走在向下的台阶上
于柔和的光线里
任雾霭在山谷涌动
并感慨花开花落

而我，在山顶俯瞰苍茫大地

与群山相望

看树枝掩映城镇

不远处，是一生中读诗的光阴

隐于云端

# 一本书被翻开

沉闷的日子，寒风一股股
掠过窗户。一本书被翻开
仿佛又回到了起点
那些矮小的树林
此刻，在风中裸奔

一本书被翻开，它的页面
在透进阳光的一角，显得温暖而安静
而我知道，那通向明亮世界的弯曲小径
还在默默延伸

多么干燥的日子
我还是一个孤单的读书人
太多的磨难，像太多的幸运一样
此时对我来说
已经没有多大意义

# 上午的光线

上午十点，我还待在屋子里
这是一间自己的屋子
尽管，在这个日渐浮华的城市里
我正在丢失早晨露水的芬芳
我正在失散多年前的泪水和真实

而上午的光线漫过荒芜的楼群照进窗户
让我想起冬天的山野
屋内的海棠开始呈现红色的叶片
我知道不久之后将变为永远的绿色
而我多想说
一颗心已被劫走
正在上升的光线
平静地宽恕了一切

# 在一首歌中歇息

一首歌，像一片枯黄的叶子在飘荡
在北方未来的想象里
一首歌，泛着微暖的光
一步一步，抵达苍黄而忧郁的心

从你到我，都已开始感到疲惫
声音背后飞翔的，是岁月的泪水和呼吸
而逐渐倾斜的灯光
仿佛弄空了自己

只能在这首歌中歇息
记忆空空落落
无尽的凝视中
一些过去的事情，无法点燃

# 回了一趟老家

回了一趟老家，在冬天
田野里风很大，被冻僵的麦苗波澜不惊
村头的那棵老槐树用萧条的枝头抵挡着风
一种鸣响着的声音抽击着村庄的魂梦

老家的黑漆大门上挂着那把熟悉的锁
当父亲从山坡上走来
我感到经年的风漫过了好多日子
而那把永远沉寂的锁，束缚着苍黄的岁月

母亲去了县城，父亲为我打开老家的锁
老家空旷的院落里布满风的回声
像父亲的咳嗽一样
不断撞击着我浮躁的心

屋子里的炉火很旺，我呆坐在炕头
感受着冬天特有的温暖
临走时，我将父亲给我装的一袋土豆
搬进了自己的车子

## 田野之上

萧瑟的树木，孤独的烟囱，稀疏的房屋
蜷缩在冬日单调的田野之上
因为风，因为墙，因为干燥的尘土
时光仿佛变得如此陈旧

雪在零星飘落，伴着稀薄的阳光
一些话语，像凝结的冰
一些败落的树枝，被风刮到了河边
哦，冬天小路上颤抖的蚂蚁
驮着风雪的影子彳亍前行
它的梦瑟缩着，它的脚步
踩着乡村单调的弦

泥土与庄稼已然失去了往日的活力
时间已经夺取了它们的青春
我穷途末路，我的爱沉默寡言
天空阴沉，光秃秃的田野之上
我的心已渐渐蒙上了尘埃

# 第一场雪已经落下

初冬时节，我们相爱
第一场雪在一个下午悄悄飘落
第一场雪君临大地之时
带着突如其来的幸福

那飘动的雪花漫天而降
打湿街道、车辆和人群
在日渐寒冷的空气中
留下温柔的影子

这样的下午，时间沉默
我很快喜欢上正在飘落的雪
在一家书店的门口
静静守望这场盛大的景象

# 一片野花

一片野花，闪耀在山坡上
却保持着深深的沉默
在正午的阳光下，一片野花
像美丽的谎言，追赶着
幸福的风的影子

一片野花，拖曳着山野里的阳光
它们的体内，藏着更大的秘密
共同守护着自己的梦想和荣光
其实，它们就是山坡上的纪念碑

无人发现和掩盖它们的倔强和孤独
一片野花，一片闪烁的光芒
它们冷静的抒情
已经深深打动了诗人的心

# 扔掉它

扔掉它
在铅色的天空混沌寂寞的时候
一只鸟飞得很远
晚霞像一条鲜红的布带
缠着灰色的想象

一日又一日过去了
水一样流淌
而栖息在山冈上的石头和茅草
早已失去往日的风采

扔掉它
扔掉陈旧的风和雨
扔掉远去的物和事
在逐渐响起来的节奏中
我已把自己扔得很远很远

# 另一场雪还未到来

天气开始变得阴冷，另一场雪
还未到来。在北方刚刚结冰的河流上
那么薄的情绪，那么轻的偏见
逐渐呈现出来，寂寞而冰凉

生命仿佛在下沉，岸边的老柳树
让我想起秋天的斧头，从前的生活
已被深深砍倒。一根萧瑟的树枝
抽响了伤感的回忆

就像一张羊皮，被风干后
还挂在故乡的墙面上，它风雨中的影子
留下了苍老的记忆
留下了时间的呼啸和尖叫

# 就这样

就这样，我舒展着自己，一次一次
连同中年的困惑和疲倦

窗外的风在吹
城市的灯火升起来
一个个温暖的词语
将我引向无边的爱的深渊

最后的断裂和荒芜啊——
我该怎样描述这样的困惑？
当一束光芒照射过来的时刻
虚度的光阴尾随而来
就这样，我和孤单的光芒拥在一起
在自己还没有全然清醒的时刻
一只寒冬的衰鸟
就这样，渐渐掠过了空旷的天空

# 热爱

我住在这里十年了
我把自己扔到了这里
没有什么会责怪我的鲁莽
一首歌在远方渐渐飘散
那是风干的所有情节

当两列火车在夜晚擦肩而过
我知道方向越来越模糊
其实我热爱着每一个日子
像在寒冬热爱着炉火
像在春天热爱着萌芽

这条乡村通往城市的路
我已走了十年
我感受着行进的爱、宽阔的爱
路边那些深绿色的冰草
时时提醒着大地的爱

# 后　记

2013年，我从西海固来到黄河岸边的城市银川工作、生活，从六盘山到贺兰山，从萧关古道到塞上江南，生命经历了又一次转弯。在黄河的身边，纷繁的尘世当中，诗歌，还在心灵深处陪伴着我。养育了中华文明的母亲河，静静地穿过宁夏平原，我几乎看不到她波澜汹涌的样子，而她总是温柔地引领我走上遥遥的返乡之旅——

在黄河的身边，我还爱着
似最初的云，爱着深厚的天空
这些激动人心的日子
我在北方继续书写
前方的路，还在引领着我诗篇的村庄和河流

我知道我还长在黄河的身边

像一棵树一样继续着四季

不要留恋青春和过往

当风雨过后

我的心中永远珍藏着风中奔跑的马匹

以及它们响亮的嘶鸣

（《在黄河的身边》）

我知道，黄河的历史宏大而壮阔，大河上下，经历了多少变迁、沉浮。黄河在宁夏流经约八百里，蜿蜒曲折，落差较大。自秦汉以来，先民们便利用宁夏平原自然形成的适度坡降，借助天然的沟渠和高度差距把黄河水引入宁夏各地的农田，并兴修水利，修建的如秦渠、汉渠、唐徕渠等灌溉渠，在宁夏平原上纵横交错。新中国成立后，随着青铜峡、固海等扬黄灌溉水利工程的建成，黄河在宁夏的灌溉历史翻开了新的篇章。黄河两岸风光秀美、稻香鱼肥，成为了名副其实的黄河金岸、塞上粮仓，早就有“天下黄河富宁夏”的美誉。宁夏引黄河水灌溉的历史文化，源远流长，流润千秋。而贺兰山更如一道天然屏障，阻挡大漠的风沙和寒冷，在黄河水的滋养下，宁夏伴着河水流动的节奏，走上生态保护和高质量发展的先行之路。

平原的夜晚，遍布神秘的气息

是谁引领思想的花朵

穿越火焰和闪电

大地上的灯，永远明亮

黄河两岸的广阔田野里

有成熟的水稻和奔腾的历史

在古老农业的背景里

人们收获金黄的谷粒和饱满的故事

秋天里的宁夏啊

让我为你歌唱

灵魂的掌心

聚集着温暖的河流

大地上的灯

照亮十月的宁静和幸福

（《在宁夏》）

一些时间，我会沿着黄河岸边走走，一个人，在闪亮的时间长河边，眺望黄昏的光影。黄河水流过平原和峡谷，带着多彩的故事和传说，在落日的映衬中，宛若凝聚的血脉，激荡着千年的文明和乡愁。而我更愿一次次面向黄河，走向生命的纵深——

黄昏时分，我仍会来到这里

面向黄河，听音乐响起

春风吹，青草摇

我仍会痴痴守望

春光如书，落日熔金

三千里的风和雨

即将掠过起伏的水面

（《黄河谣》）

是啊，在黄河岸边，我是一个倾听者，更是一个思考者。一个人听黄河低语，在波光轻溅的黄昏，做一个孤独的漫步遐想者，独自仰望一只鸟的飞翔，在晚霞晕染的色彩里，心底生出许多悲凉和敬重之意。而大河上下，流淌千年万年的故事依然荡气回肠。于一片一片落日的辉煌里，我静静翻阅那些壮丽的诗篇；在河流的巨大臂弯里，我的梦蜿蜒伸展。我想我只能选一些小小的切口，来表现黄河流域人们的平凡生活和精神世界。当然，我也想诗意化地表现人与自然的大主题，突出天人合一、天地和谐的深远境界，通过黄河身边的人们决战贫困、将荒地旱原变成塞上江南的奋争精神，张扬远大的理想、不屈的信念和坚韧的品格。

从2009年出版第一本诗集《闪电中的花园》，十多年来，我的诗歌写作时断时续，但总算坚持了下来。前期的诗歌写作，大多是以故乡西海固的风物及父老乡亲的生活为表现对象，而收在这本《致黄河》中的诗作，则是将写作的镜头从西海固的黄土高原逐渐投向广阔的宁夏平原的尝试，也是从乡土表达向城市书写的过渡。希望在有限的文字中，表达新的经验；在惯常的抒情中，增强叙事的力量。写作本来就是一种独特而新鲜的生命体验，一个诗人必须对日常生活保持敏感和发现，而语言的节奏感、力量感、鲜活感、成熟度体现着一个诗人不断磨练的痕迹。《致黄河》以自己的生命体验为基础，力图在国家与民族的历史文化积淀中，在集体与个体的心理交融中，关注特定时期人与自然相融相生的重大主题，努力写出黄河流域人们的生存状态和生命世界，让诗歌在表达人与时代的关系上有所突破，以此拓展诗歌书写的广阔领域。

于忙碌庸常的日子里整理完这部集子，塞上的春天已悄然来临。我想我还会沉迷于汉语之美，在语言的倾诉中，在另一种呼吸中，继续表现人与自然、人与自身、人与时代的关联，传递人类内心深处的奥秘，继续探究生命存在的价值和意义，不断向万物致敬！

2022 年 3 月于银川湖畔居